la court
se 1
upc

D0900652

Jessie-Lee
Jalbert-
Peckford

Les éditions de la courte échelle inc.

Ginette Anfousse

Née à Montréal, Ginette Anfousse a fait des études aux Beaux-Arts. Après avoir dessiné pour la télévision, les journaux et les magazines, elle se met à écrire. C'est elle qui a créé les personnages Jiji et Pichou, Rosalie et Arthur. Elle nous offre maintenant Marilou.

Ginette Anfousse a reçu de nombreux prix, autant pour le texte que pour les illustrations: prix du Conseil des Arts; prix d'excellence de l'Association des consommateurs du Québec; prix Québec-Wallonie-Bruxelles; prix Fleury-Mesplet, décerné au meilleur auteur de littérature-jeunesse des dix dernières années; prix du livre M. Christie. Certains de ses livres ont été traduits en anglais, en chinois et en espagnol.

Un terrible secret est le sixième roman qu'elle publie à la courte échelle.

De la même auteure, à la courte échelle

Collection albums

Série Jiji et Pichou:
Mon ami Pichou
La cachette
La chicane
La varicelle
Le savon
L'hiver ou le bonhomme Sept-Heures
L'école
La fête
La petite soeur
Je boude
Devine?
La grande aventure

Collection Premier Roman

Série Arthur:
Le père d'Arthur

Collection Roman Jeunesse

Série Rosalie:
Les catastrophes de Rosalie
Le héros de Rosalie
Rosalie s'en va-t-en guerre
Les vacances de Rosalie

Ginette Anfousse

Un terrible secret

la courte échelle

Les éditions de la courte échelle inc.

Les éditions de la courte échelle inc.
5243, boul. Saint-Laurent
Montréal (Québec) H2T 1S4

Illustration de la couverture:
Gérard Dansereau

Conception graphique:
Derome design inc.

Révision des textes:
Odette Lord

Dépôt légal, 3e trimestre 1991
Bibliothèque nationale du Québec

Données de catalogage avant publication (Canada)

Anfousse, Ginette, 1944-

    Un terrible secret

    (Roman+; R+19)

    ISBN 2-89021-107-X

    I. Titre.   II. Collection.

PS8551.N46M45 1991   jC843'.54   C91-096166-2
PS9551.N46M45 1991
PZ23.A53Me 1991

Prologue

J'ai seize ans, je m'appelle Marilou, Marilou Brochu. Et j'ai un père, disons... ordinaire. Et une mère... tout aussi ordinaire. Et il me reste un frère un peu particulier, l'autre est mort dans un accident, il y a un an, jour pour jour.

C'est sûrement à cause de cet anniversaire qu'on a mangé en famille, ce matin! C'est tellement rare de voir le bout du nez de mon frère avant midi! Tellement rare de voir mon père prendre le temps d'avaler une rôtie!

Bref, comme petit déjeuner-causerie, ça n'a pas été de la tarte! Il n'y a que Luc qui a poussé deux ou trois soupirs en buvant son café.

Finalement, mon père est parti en coup

de vent. Quelques secondes plus tard, ma mère l'a suivi. Et mon frère Luc est allé se recoucher.

Moi, j'ai attrapé mon sac à dos et j'ai claqué la porte à mon tour. J'ai descendu la rue d'Iberville jusqu'au tunnel, j'ai poireauté sur le coin et j'ai compté jusqu'à six mille vingt-six. Ce matin, je ne voulais ni voir, ni entendre, ni penser. Puis l'autobus vingt-sept est arrivé.

J'ai ravalé ma salive. Et comme je le fais depuis quatre ans pour me rendre à la polyvalente, j'ai grimpé les marches et je suis allée m'asseoir sur la banquette du fond, comme d'habitude.

Ensuite, j'ai retenu mon souffle. J'attendais que l'autobus s'arrache des catacombes pour respirer. Enfin, sitôt qu'il a filé sur Saint-Joseph, j'ai eu l'impression comme toujours, d'oublier ma famille, d'oublier ma rue et de recommencer ma vie.

Chapitre 1

Moi..., les baleines!

J'ai hâte maintenant d'arriver à la polyvalente Albert-Legrand! Hâte de voir ce fameux film sur les baleines! Hâte surtout de retrouver Colombe, avec sa nouvelle tête! La tête de Roxanna Tessier, plus précisément!

Enfin, ce matin, ma meilleure amie m'a donné rendez-vous, non pas à l'entrée de l'école comme d'habitude, mais... dans les toilettes des filles. Dernier sous-sol. Aile G. Aussi bien dire, dans le fin fond, du plus profond recoin de la polyvalente.

Je sais que pour une fille qui est déjà du genre à longer les murs... ça peut être gênant de se promener toute seule avec une tête aussi spectaculaire que celle de Roxanna Tessier!

Je sais aussi que mon amie veut éviter, à tout prix, un face-à-face avec un épais de la bande à Falcon! Ou pire encore avec Louis Falcon lui-même! Bref, si ma réputation de super-planteuse-de-machos-toute-catégorie lui donne du courage, comme elle dit, ce n'est pas moi qui démentirai ma réputation. Avec la demi-douzaine de bandes de petits comiques et de déraillés qui circulent dans les corridors... à bien y penser... il vaut mieux que l'école au complet pense que la tendresse, ce n'est pas mon fort!

***

Finalement, Colombe n'était ni dans les toilettes du dernier sous-sol, ni dans un coin sombre d'une cage d'escalier. Je l'ai retrouvée à l'auditorium, recroquevillée sur une chaise, presque estampée sur le mur, côté jardin.

La salle était pleine à craquer et il m'a fallu un bon dix minutes et quart pour apercevoir, non pas une tignasse rouge sang frangée d'un bleu phosphorescent, comme je m'y attendais... mais bien, une sorte de turban bariolé qui tentait désespérément de s'enfoncer dans un col roulé.

Bref, Colombe jouait les fakirs qui auraient bien aimé se métamorphoser en courant d'air.

J'ai pris le temps de jeter un coup d'oeil autour avant de m'asseoir à côté d'elle et de lui chuchoter à l'oreille:

— Tu peux regarder le film en paix! Il n'y a pas une brute de la bande à Falcon aux alentours!

J'ai eu droit à une grimace style yogourt au vinaigre, à un regard genre pour-qui-tu-me-prends et à un soupir long comme un cours d'arts plastiques quand tu détestes ça à mort. Finalement, Colombe a marmonné, comme si d'ouvrir la bouche lui causait un mal de dents terrible:

— Je ne comprends rien. Hier, c'était super beau! Et ce matin, plus ridicule que moi, je te jure, tu meurs!

Je n'ai pas osé vérifier la soi-disant catastrophe dissimulée sous son truc-machin. J'ai seulement dit:

— Ce n'est pas la fin du monde! Tu auras seulement à te teindre en blonde, comme avant!

Puis, pof! tout l'auditorium s'est retrouvé dans la mi-noirceur et, juste avant que le réalisateur du film apparaisse en chair et en os sur la scène, Colombe m'a soufflé encore:

— Je pense que je vais redéménager chez ma mère. Mon père... bien, il ne comprendra jamais rien! Hier, j'en ai encore eu la preuve!

Cette fois, je n'ai pas eu le temps de commenter. Au micro, l'énergumène se raclait déjà la gorge. De toute façon, il n'y avait absolument rien à commenter. Déménager deux fois par semaine! Je veux dire passer du loft de son père à l'appartement de sa mère selon ses humeurs... C'est une maladie chronique chez mon amie.

Enfin, le réalisateur qui était aussi écologiste s'est mis à parler, parler, parler. Hallucinant tout ce qu'il avait à raconter! Il a d'abord expliqué l'importance du Saint-Laurent pour les mammifères marins du monde entier... dénoncé les dizaines d'industries qui crachaient leurs poisons sur les deux rives du fleuve... dénoncé surtout l'ignorance des gens en général et des grands pollueurs en particulier. Finalement, il a fini par finir en apostrophant toute la salle:

— Si aujourd'hui personne ne peut sauver le plus gros et le plus spectaculaire des mammifères de la planète... qui, un jour, pourra sauver les plus petits?

J'ai pensé au panda et, comme tout le monde, j'ai applaudi, certains ont sifflé. Puis le film a commencé.

Enfin, dans le noir total, tout le monde s'est calmé, mon amie Colombe s'est détendue et moi, j'allais bien aussi. Mais... deux heures plus tard quand toutes les lumières se sont rallumées, j'allais un peu moins bien.

J'ai eu le temps de voir les quelque six cents étudiants se lever en bloc pour applaudir. Le temps de les voir se ruer sur l'écologiste pour acheter un macaron *Sauvons les baleines.*

Tout le monde maintenant voulait sauver son lamantin, son béluga, son marsouin ou sa baleine à bosse. Tout le monde! Même Colombe, malgré son turban! Même Colombe, malgré Louis Falcon et sa bande!

Moi, je n'ai pas acheté de macaron. Je n'ai rien piqué sur mon tee-shirt, rien épinglé sur la poche arrière de mes jeans. J'ai couru aux toilettes des filles et j'ai vomi.

Je n'ai pas vomi à cause de la pollution

du Saint-Laurent, ni à cause des baleines échouées sur ses berges, ni à cause du béluga qui, à la fin du film, mourait en gros plan.

J'ai vomi à cause de l'écologiste qui lui soutenait la tête. C'était la dernière image du film. On l'avait gelée pour passer le générique. Les noms défilaient...

Les noms défilaient et... c'est la tête de mon frère Francis que je revoyais. C'était il y a un an, jour pour jour. C'était au fond du tunnel d'Iberville. Et... ce jour-là, tout le monde autour avait pris la fuite.

***

L'eau du robinet coulait. J'ai épongé mon visage et je finissais à peine de me remaquiller les yeux quand Colombe est entrée. J'ai entendu:

— Qu'est-ce qui t'a pris de me laisser toute seule? Je t'ai cherchée partout!

Et je l'ai vue m'examiner de la tête aux pieds. Puis me dire avec dédain:

— Tu n'as pas acheté de macaron?

D'un geste sec, j'ai fermé le robinet et j'ai répondu:

— Moi, les BALEINES... QU'ELLES

CRÈVENT!

Bon, je n'aurais pas dû. Colombe était encore déprimée.

Je savais pourtant que la moindre bibite à plumes, à poils, à écailles, velue, rugueuse ou gluante lui arrachait un cri d'admiration et que, forcément, pour elle, les animaux sont super importants!

Je n'aurais pas dû... mais, j'avais le coeur au bord des lèvres aujourd'hui, surtout aujourd'hui! Et je voulais qu'elle me fiche la paix avec ses questions.

Enfin, je me suis rendue à mon deuxième cours de maths de l'année scolaire avec une Colombe sur les talons qui ne comprenait rien, qui avait toutes les raisons du monde de ne pas comprendre et qui se lamentait encore.

Bref, pour elle, la journée s'est assez bien passée. Je veux dire que Louis Falcon n'a pas remarqué son turban, trop intéressé, je suppose, par la tête et les simagrées de Roxanna Tessier.

Et presque à la fin de la journée, comme à retardement, Colombe s'est mise à me bouder. Avec son bouclier de macarons ma meilleure amie me regardait de travers. Et comme, à seize heures, Colombe avait encore une baboune longue comme une descente de bain, on s'est quittées sans se dire salut, ni rien.

*** *

Vers dix-sept heures, en rentrant à la maison, j'ai retrouvé mon pingouin de frère, qui niaisait comme toujours devant la télé. Pour lui aussi, la télé est une sorte de maladie chronique. Enfin, il se rongeait les ongles, les yeux rivés sur son *quiz* préféré, *The Price is Right.*

Je me suis dit que l'émission s'achevait parce que ça hurlait au petit écran. Finalement, je me suis versé un verre de lait, j'ai sauté sur un sac de biscuits au chocolat et j'allais tout juste attaquer le premier, lorsqu'il a poussé un wôw terrifiant, suivi d'un:

— *Check,* la puce! *Check!* Y a mon âge... pis y vient de gagner une Corvette équipée *all dressed!*

La puce, c'est moi. Le *check* et le *all dressed,* ce sont des exemples de la facilité avec laquelle mon frère maîtrise son bilinguisme.

Ce n'est pas tout, je l'ai vu saisir ensuite

une chaise de cuisine. Danser la lambada avec la chaise, comme si c'était Madonna en personne! Puis lâcher Madonna, me piquer mon deuxième biscuit au chocolat, m'attraper par la taille et enfin me dire en me bavant dans l'oreille:

— Je t'adore... même si t'as la tête enflée! Même si t'as la tête la plus grosse en ville!

Bon! Ouf! Finalement, il s'est calmé un peu, puis il a dit en évitant, cette fois, de me regarder dans les yeux:

— Faut que je décampe, j'ai rendez-vous avec mes chums pour affaires. Dis à m'man que j'serai pas là pour souper... J'ai pas envie, ce soir, de souper en famille!

Il n'est pas seulement gaga, mon frère! Il est lâche comme Judas Iscariote, surtout! Et dire que mon père et ma mère l'adorent à mort et que toutes les filles courent après lui! Ils tomberont de haut, mes parents, le jour où ils apprendront ce que sont, au juste, ses petites affaires!

Enfin, après s'être rasé et habillé comme le dernier des chromés, il m'a dit, avant de quitter la maison:

— J'oubliais, m'man a téléphoné pour dire de te dire de faire ton ménage. A trouve que ta chambre est un vrai dépotoir! Tes tiroirs, des repaires à vermine, des entrepôts de dioxines, des nids de furanne! Bref, quelque chose de super honteux, quoi! T'as honte, j'espère?

Finalement, dans un éclat de rire, j'ai entendu un dernier *ciao,* la puce! Suivi d'un vlang! épouvantable. Suivi d'une sorte de grelong! grelong!... les éternels débris de plâtre qui dégringolent du plafond, chaque fois que quelqu'un quitte la maison.

Ensuite, je suis entrée dans ma chambre et j'ai trouvé comme toujours que ma mère exagérait énormément! Enfin, pour ne pas me faire rebattre les oreilles pendant une éternité encore, j'ai pris mon courage à deux mains et j'ai commencé un super grand ménage.

J'avais une heure et quelque avant l'arrivée de mes parents. Pour ne pas perdre une seconde, j'ai décidé d'y aller systématiquement. C'est-à-dire de partager mon fouillis en trois tas. Tas linge sale! Tas commodes! Tas poubelle!

J'ai d'abord renversé le contenu de mes trois tiroirs sur le plancher. Puis j'ai plié mes sous-vêtements et noué mes bas par paires, enfin tous ceux qui avaient leur jumeau, les autres, dans le tas poubelle, avec une pile de vieux collants troués.

Puis j'ai continué comme ça à départager les pyjamas, tee-shirts, chandails et blouses, en propres, pas propres! Puis j'ai pensé qu'avec un peu de musique, la corvée serait beaucoup plus drôle.

Finalement, pour attaquer mon troisième tiroir, j'ai mis une cassette que Colombe m'avait repiquée. Et, dans ce dernier tiroir, c'est étonnant, je vous jure, tous les trucs que je croyais perdus et que j'ai retrouvés!

D'abord, une vieille barrette en écaille de tortue... un souvenir de ma grand-mère Brochu! Puis une paire de boucles d'oreilles que je croyais chez Colombe. Je veux dire chez son père ou chez sa mère, forcément. Puis un carré de soie à pois, des échantillons de parfum, des photos, des crayons, des cassettes et enfin un méli-mélo d'élastiques, de rubans et d'épingles à cheveux pris ensemble.

Finalement, c'est là que j'ai aperçu la revue... Un magazine de course automobile sur la vie et la mort de Gilles Villeneuve... J'ai hésité longtemps avant de l'ouvrir... Je savais trop bien ce qu'il y avait de coincé entre les pages!

Pour finir, j'ai arraché mes écouteurs et, le coeur serré au maximum, j'ai ouvert le magazine du bout des doigts. Et j'ai regardé, une par une, les soixante-trois coupures de journaux de mon frère Francis.

Soixante-trois coupures coupaillées de travers... Soixante-trois coupures avec des images de chiens... Des gros! Des petits! Des à poil long! Des à poil court! Des de race et des bâtards!

On le faisait beaucoup découper à l'école! Et pour une raison ou pour une autre, lui, il découpait toujours des images de chiens. Et il les rapportait à la maison. Ça lui faisait tellement plaisir, ensuite, que je les range avec les miennes dans «Mon Spécial Gilles Villeneuve», comme on l'appelait.

Après l'accident, j'ai jeté beaucoup de choses que je collectionnais, moi aussi, à l'époque. Mais les coupures de Francis... je les ai toutes gardées. Toutes, sauf la dernière! Sa dernière coupure... JE NE POUVAIS PAS LA GARDER! Celle-là... JE M'EN SUIS DÉBARRASSÉE.

***

Naturellement, j'avais les yeux rouges

quand ma mère est arrivée. Et je n'avais pas très envie, moi non plus, de manger en famille. Pas très envie d'entendre parler de manteaux d'automne qui coûtent les yeux de la tête, de laveuse et sécheuse qui seraient si utiles et de voiture d'occasion qui ferait peut-être l'affaire!

Pas envie surtout d'entendre parler de mon frère Francis. D'entendre ma mère répéter encore et encore qu'ils avaient fait leur possible! Que ce n'était la faute de personne! Qu'avoir un enfant pas comme les autres est la pire chose qui pouvait arriver à des parents! Que de toute façon sa vie serait devenue un enfer! Que fatalement, c'était le destin, le presque bon Dieu en personne, qui l'avait rappelé à lui!

Non, à bien y penser je n'avais plus très envie de manger en famille. Alors, bien avant que ma mère jette sa montagne de petits légumes dans sa poêle à frire, j'ai annoncé que je devais aller sans faute chez Colombe! Qu'elle avait un pépin! Que j'avais promis! Agacée, ma mère a répliqué:

— Tu ne trouves pas qu'elle exagère, ton amie... Il me semble que c'est son troisième pépin depuis le début de l'année scolaire!

J'ai répondu que justement c'était le même pépin qu'avant-hier, que ça arrivait parfois! Et, pour faire diversion, j'ai fait le message de Luc.

Enfin, j'ai pu quitter la maison en laissant ma mère se lamenter sur les absences répétées de son Luc chéri. Celui qui est comme tout le monde, évidemment. Mais j'ai croisé mon père sur le palier. Et j'ai dû encore répéter mes explications... le pépin de Colombe et tout! Ensuite, j'ai vraiment pu déguerpir.

Je ne savais pas où aller... Finalement, je me suis retrouvée sur l'avenue du Mont-Royal. La plupart des magasins étaient déjà fermés. Alors, j'ai flâné en remontant, puis en redescendant une vingtaine de petites rues.

À la noirceur, j'ai commandé un beigne au chocolat puis un verre de lait chez Dunkin' Donuts. Ensuite, je suis revenue tranquillement à la maison.

En rentrant, il y avait beaucoup d'électricité dans l'air. J'ai compris tout de suite que mon amie Colombe avait eu la mauvaise idée de téléphoner. Elle ne pouvait pas savoir, elle, qu'il fallait bouder jusqu'au lendemain!

Enfin, je me suis excusée vingt-trois fois. S'excuser, ça marche toujours avec les parents. Du moins, avec les miens. En tout cas, c'est beaucoup moins suant que de tenter de dire la vérité ou d'échafauder vingt-trois bonnes explications. Ensuite, je me suis barricadée dans ma chambre.

Je trouvais la vie pas mal moche, pas mal poche. Et j'avais une envie terrible de pleurer. Alors, j'ai attrapé mon dictionnaire. Et, pour me changer les idées, comme ça m'arrive souvent d'ailleurs... je l'ai ouvert au hasard et je suis tombée sur *P*.

J'ai lu d'abord la définition du mot *pacage*. Puis *pacfung*. Puis *pacha*. Et j'ai lu systématiquement toutes les définitions qui suivaient. J'étais rendue au mot *pudding* quand mon frère Luc est arrivé.

J'ai entendu ma mère placoter avec lui, puis rejoindre mon père qui dormait depuis longtemps.

Finalement, j'ai réussi à m'endormir assez tard dans la nuit, enfin, quelque part entre le mot *purpurin* et *pur-sang*.

Chapitre 2

Zozo! Zouave! Zozoter! Puis zut!

Non, mais... Non, mais il me semble... que des fois.... les gars devraient se forcer un peu!!

Enfin, je vous jure que je connais des filles qui passent, disons, au moins trois quarts d'heure, chaque matin, à se crêper la frange pour eux. À s'agrandir les yeux aussi. À s'épaissir les lèvres. À s'étrangler la taille. À s'écrapoutir les fesses, les cuisses et j'en passe... Alors, il me semble qu'un gars pourrait, disons, y penser trois secondes et quart avant de faire le zouave pour les impressionner!

Je ne leur demande pas d'inventer le moteur à deux temps, seulement d'imaginer autre chose que de foncer bêtement sur nous avec une moto. Bref, il n'y a rien d'excitant à avaler de l'oxyde de carbone, à se faire casser les oreilles, écrabouiller les orteils...

C'est encore moins pâmant lorsqu'on s'apprête à déguster un super sandwich tomates-mayonnaise, bien allongée sur la bande de gazon qui borde le stationnement de l'école. Surtout s'il fait beau, chaud et qu'on discute tranquillement avec sa meilleure amie qui porte toujours son déguisement de fakir. Et surtout si elle nous parle de la grandeur de ses yeux, de l'épaisseur de ses lèvres et de son prochain look, style Marie-Christine Langevin, cette fois!!!

C'est sûr que, sur le coup, on ne l'a pas vu venir, trop concentrée, forcément. Mais lorsque le même finfin a fait demi-tour pour répéter son petit manège, j'étais moins détendue, je vous jure. Bref, j'ai bondi comme un ressort et j'ai dit à Colombe:

— Surveille son petit sourire et prépare-toi à rire.

Sitôt la Yamaha arrivée à ma hauteur, j'ai pris un bon élan et j'ai visé... le petit sourire en coin.

J'ai manqué le sourire et le casque de

deux poils. Et... si, ensuite, tout le monde s'est mis à rire, sauf moi, c'est que mon super sandwich tomates-mayonnaise venait tout juste d'atterrir sur le pare-brise de la Toyota flambant neuve du directeur.

Je n'ai pas attendu les commentaires du finfin. J'ai filé à la cafétéria et j'ai commandé un yogourt aux fraises. Puis je suis allée m'asseoir sur le bord d'un mur. Enfin, juste assez loin du monde pour rire à mon tour.

***

Environ une demi-heure plus tard, Colombe est arrivée en courant comme une folle. Elle voulait à tout prix me faire avaler que le Rambo de la moto avait soi-disant fait demi-tour pour s'excuser. Mieux, elle répétait qu'il était super beau, super intelligent, super gentil, super tout, quoi!

La preuve, et là, je vous jure que Colombe avait les deux yeux dans la graisse de bines... le finfin n'avait pas ri de son turban! Il lui avait même raconté comme elle avait une belle bague, de beaux doigts, de belles mains!

J'ai pris la peine de regarder Colombe

comme il faut... et je me suis demandé sérieusement si je n'avais pas l'amie la plus endormie, la plus tarte et la plus dinde de la polyvalente. Elle a dû en lire un bout dans mes pensées, puisqu'elle a fait une remarque du genre:

— Tu me trouves patate, hein? Mais moi, je m'en fous!

Puis elle a recommencé illico à radoter sur les qualités de vous savez qui.... Et plus elle radotait, plus je la voyais dans un avenir que je ne pouvais pas deviner si rapproché... se fendre en quatre et imaginer mille *zouaveries* pour avoir le privilège d'avaler, le plus souvent, et le plus longtemps possible, d'excitantes bolées d'oxyde de carbone. D'ailleurs, ça commençait déjà!

J'ai dû la suivre jusqu'aux cabines téléphoniques. Et après deux petits coups de téléphone à ses parents, elle avait non seulement organisé sa fin de semaine... mais la mienne!

C'était simple, comme on était vendredi, j'irais l'aider ce soir à redéménager ses affaires chez sa mère. Je dormirais chez elle et le lendemain matin je l'accompagnerais gentiment au salon de coiffure. Ensuite, et c'est là que les choses se corsaient, ensuite... on arpenterait les rues autour de la polyvalente pour tomber comme par hasard dans les pattes de vous savez toujours qui.

Et tout ça, lui ai-je demandé, sans avoir la moindre idée du nom et du prénom de l'individu en question?

Elle m'a répondu:

— M'oui.

Je voulais bien coopérer, mais là, elle charriait une grosse miette mon amie Colombe! Enfin, quand j'ai suggéré d'aller, mine de rien, lui demander son nom et où il habitait, elle a soupiré, je vous jure:

— Tu es folle ou quoi...? Il penserait qu'on lui court après!

Finalement, la cloche m'a sauvée de justesse. Colombe venait de reprendre son air de reine de la déprime et râlait:

— Après tout, tu pourrais faire ça pour moi... Je suis, oui ou non, ta meilleure amie?

J'ai pris deux secondes pour lui annoncer:

— C'est correct pour demain chez le coiffeur! Mais ne compte pas sur moi pour faire la zouave après.

Et vous savez ce que ma meilleure amie m'a répondu?

— Tu ne serais pas jalouse, des fois, Marilou Brochu?

C'est difficile à prendre... enfin, il me semble! Enfin, je ne sais plus. Je sais seulement que mon amie a passé le reste de l'après-midi à tourner autour de Marie-Christine Langevin. Et que moi, j'ai finalement décidé de laisser faire pour ce soir, c'est-à-dire pour son déménagement, son bazar et tout, quoi!

***

Un peu plus tard, en remontant la rue d'Iberville, j'ai trouvé que la vie était parfois drôlement faite. Bon, je n'avais pas la berlue, c'était bien la Yamaha 400 cc du finfin, immatriculée 247 327, qui était stationnée, je vous jure, presque devant chez moi.

Il n'y avait pas que la moto... Il y avait, accroché en dessous, un petit bonhomme qui astiquait les bebelles chromées avec le rebord de son tee-shirt. Il travaillait consciencieusement, je veux dire qu'il avait la langue tellement étirée que l'appendice buccal lui touchait presque le bout du nez.

J'ai pensé qu'il y avait bien des chances

que le petit soit le frère du finfin! Bref, qu'en manoeuvrant un minimum, je pourrais lui soutirer des informations au maximum! Enfin, ça devenait bien tentant tout à coup d'impressionner mon amie! Tentant surtout de montrer à Colombe Martin que Marilou Brochu n'était pas du tout jalouse! Alors, mine de rien, je me suis approchée et j'ai dit:

— Wôw! Tu as une belle moto!

Le petit a marmonné, sans même relever la tête:

— C'est pas une moto... c'est un bicycle à gaz. Pis... c'est pas encore à moi! C'est le bicycle à gaz à mon frère!

Évidemment que son humeur, genre pelote d'épingles, n'était pas très encourageante, mais à la guerre comme à la guerre, j'ai continué:

— Ouais!... mais c'est un beau bicycle à gaz quand même!

Là, je l'ai vu relever la tête... secouer ses cheveux noirs et me dire le plus sérieusement du monde:

— C'est même le bicycle à gaz le *plusss* vite de la rue. Même que c'est le *PLUSSS, PLUSSS* vite du monde.

J'en ai profité pour lui dire que j'étais

cent pour cent d'accord avec lui. Et pour lui prouver à quel point... j'ai ajouté une tonne de superlatifs. Finalement, j'en ai tellement rajouté... que toutes mes questions sont passées presque inaperçues.

Je dis presque... parce que ça m'a quand même coûté le paquet de gommes Chiclets que, par chance, j'ai toujours dans ma poche. Plus... quelques reproches. Bon, j'aurais dû savoir que sa sorte de gommes à lui faisait des *ballounes!*

Enfin, j'étais très fière de moi! Je pouvais maintenant sauter sur le téléphone et annoncer à mon amie que son finfin s'appelait Benoît Brisson! Que depuis quelques jours il habitait ma rue! Et que sa moto était neuve d'aujourd'hui!

Je pouvais même lui dire qu'il avait un petit frère qui s'appelait Hugo. Et que, justement selon Hugo, Benoît Brisson avait la moto la *plusss* vite de la rue! Qu'il était aussi le gars le *plusss, plusss* fort du quartier! Et qu'il avait fatalement une mère qui faisait les *plusss, plusss, plusss* bonnes tartes aux pommes du monde!

Bref, je pouvais dire beaucoup de choses à Colombe. Sauf... que son beau Benoît Brisson avait déjà une blonde. Une blonde que je connaissais très, très bien aussi. Enfin, une blonde que je détestais tellement... que je m'étais juré de ne plus jamais prononcer son nom!

***

Chez le père de Colombe, la ligne était toujours occupée. Finalement, deux siècles et une éternité plus tard, j'ai pu joindre mon amie.

Malheureusement, je n'ai pas eu le plaisir de l'impressionner. Les nouvelles courent vite et c'est Marie-Christine Langevin qui forcément venait, pendant deux heures et quelque, de la renseigner. Et en long et en large, je vous jure!

Enfin, pour ne pas lui gâcher son plaisir, j'ai fait l'innocente, celle qui ne savait rien, celle qui voulait savoir. Et, en l'écoutant, je me suis rendu compte qu'elle savait presque tout sur Benoît Brisson, mais rien encore sur sa nouvelle blonde.

Puis le téléphone a pris une mauvaise tournure. Colombe me demandait maintenant quelle était mon adresse exacte, rue d'Iberville, et si Benoît Brisson restait tout près.

Elle ne pouvait pas savoir, elle! Colombe n'avait jamais mis les pieds chez moi. Et je ne voulais pas la voir ici non plus. Enfin, quand elle m'a carrément demandé de l'inviter pour la fin de semaine, là encore, j'ai dû faire l'innocente, celle qui avait toujours des parents aussi glinglins, des parents qui ne veulent rien savoir!

Bref, j'ai dû lui répéter encore et encore comme c'était plus amusant de se retrouver chez elle — je veux toujours dire chez son père ou chez sa mère — qu'ici ce serait ennuyeux à mourir... Mais... j'avais beau lui expliquer, Colombe, comme une vraie tête de mule, insistait toujours.

Enfin, mon amie s'est mise à me reprocher un tas de choses. Elle a même fait allusion à la mort de mon frère. Elle m'a dit que le jour de l'accident... ce n'était pas moi, mais une note sur le babillard de l'école qui l'avait mise au courant! Qu'au fond, je n'étais pas une vraie amie! Et que, décidément, je passais mon temps à lui cacher des choses!

Puis Colombe a cessé de me blâmer, cessé d'insister. Et, finalement, elle m'a dit en raccrochant:

— Pour le salon de coiffure, demain...

laisse faire. J'irai avec Marie-Christine Langevin.

***

Après le téléphone, je me sentais encore plus moche, plus poche que le soir d'avant. Bref, plus je pensais aux amitiés entre filles... plus je les trouvais fragiles.

Il suffisait d'un gars! D'une moto! Puis pschitt! quatre ans d'amitié et de complicité disparaissaient comme l'hélium dans un ballon troué. Au fond, je trouvais que les amours faisaient faire au monde pas mal de *zouaveries*.

Enfin, après le repas, j'ai lavé et rangé la vaisselle. Et encore une fois, je me suis barricadée dans ma chambre. Je voulais d'abord avancer un peu mon devoir de maths, mais, fatalement, je me suis retrouvée le nez dans mon *Petit Robert*. Cette fois, je n'ai pas ouvert mon dictionnaire au hasard. J'ai cherché, ne me demandez pas pourquoi... le mot *zouaverie*.

Curieusement, personne ne l'avait inventé. Bref, j'ai trouvé *zouave* comme je m'y attendais. Puis *zoo*. Puis *zozo*. Puis *zozoter*. Puis *zut!*

Et, ma foi, ça m'a rassurée de voir autant de jolis mots dans une page. Autant de jolis mots pour qualifier les *zamours,* évidemment.

Enfin, j'ai entendu le téléphone sonner et mon père me crier de la cuisine:

— Encore pour toi, Marilou!

Ce n'est pas génial, mais c'est toujours ça qu'il dit, mon père, quand quelqu'un m'appelle!

Et, au bout de la ligne, ce n'était pas Colombe comme je l'espérais. C'était, croyez-le ou non, le beau Benoît Brisson. J'ai entendu:

— C'est moi, le gars qui a évité de justesse un certain sandwich aux tomates, ce midi. J'aime bien les filles qui ont du caractère! Mais... ce n'est pas pour ça que je t'appelle... Je voulais... Je... je...

Comme je déteste ça à mort, les gens qui hésitent... j'ai dit illico:

— Je suppose que tu appelles pour t'excuser, alors c'est fait. N'en parlons plus! Bye!

Je n'allais pas vraiment raccrocher mais... ça m'a fait un petit velours de l'entendre crier:

— Ne raccroche pas!...

Puis un peu moins plaisir quand il a poursuivi:

— Je voulais seulement t'inviter à faire un petit tour de moto... j'ai des choses à te dire! Il n'y a pas juste toi qui peux faire des petites enquêtes!!!

Puis plus de plaisir du tout, je vous jure, lorsqu'il a précisé:

— C'est à propos de quelqu'un qui raconte que tu lui en veux beaucoup. Cette personne dit avoir tellement peur de toi... que ça m'intrigue! Je voudrais savoir pourquoi?

Il parlait de Manon Dubé, forcément. Mais je me demande encore pourquoi, moi, j'ai pris la peine de lui répondre... que la personne avait tout à fait raison d'avoir peur! Qu'elle était même beaucoup trop idiote pour savoir à quel point! Et que, de toute façon, ce n'était pas à un halluciné de la moto que j'allais donner des explications!

Et, comme si le fait de le dire en plusieurs langues était plus convaincant, j'ai ajouté, juste avant de lui claquer la ligne au nez:

— *Do you understand? Capisci?* Tu comprends?

Ensuite, j'ai tourné en rond une bonne demi-heure dans ma chambre. Je ne pensais plus du tout aux amitiés entre filles. J'étais rouge comme une tomate. La fumée me sortait par les oreilles et j'étais plus qu'en maudit.

En fait, j'étais tellement plus qu'en maudit que je m'attendais à ce que la porte de ma chambre claque toute seule! Que mon store se fracasse au plafond! Que mon lit rebondisse! Que ma commode gigue! Enfin, les esprits *cogneurs* auraient dû cogner! La kinesthésie, ça existe, non?

Finalement, pour me calmer un peu, je me suis traînée au dépanneur du coin m'acheter une bonne demi-douzaine de gommes *ballounes.* Il me semblait que mordre dans une grosse épaisseur de caoutchouc allait me calmer tout à fait.

Puis, je me suis fourré les six gommes dans la bouche. Et... j'ai eu raison. En remontant la rue, je suis revenue tranquillement sur la planète.

J'ai réalisé que le ciel était lourd comme avant un orage et qu'il y avait bien du monde sur leurs perrons. Du monde qui cherchait un semblant de courant d'air. Comme moi.

Enfin, j'ai remarqué que la Yamaha de Benoît Brisson n'était plus stationnée devant chez lui, qu'il n'y avait que son petit frère qui pleurait assis sur le bord du trottoir.

Je sais que c'est bête, mais je n'ai jamais supporté de voir un enfant qui pleure. Même si je sais que la plupart du temps, les enfants pleurent pour rien. Alors, j'ai jeté un coup d'oeil sur les alentours et suis allée m'asseoir à côté de lui.

Hugo avait encore, lui aussi, son gros morceau de gomme dans la bouche. Et une poignée de petits cailloux dans une main. Entre deux sanglots, il lançait, rageur, deux ou trois cailloux en visant la portière d'une Ford Taurus stationnée devant lui.

J'ai dit, tout bas:

— Je te comprends de lancer des roches sur les voitures.

Comme toujours, il n'a pas eu l'air impressionné. Mais il a cessé de pleurnicher. Enfin, il a précisé, comme il en a l'habitude:

— C'est pas une voiture... c'est un char! Le char à notre nouveau propriétaire!

Puis, un éclair mauvais dans les yeux:

— Je déteste les propriétaires! J'haïs les chars... J'aime mieux les bicycles à gaz!

Je suppose que ça l'a soulagé. Enfin, il m'a fait un sourire comme si j'étais presque une amie. Suffisamment grande amie, j'imagine, pour me raconter ce qui lui faisait tant de peine.

Et, ma foi, d'apprendre qu'il pleurait parce que la blonde de son frère avait osé prendre sa place à lui sur la moto... m'a ramenée sur le terrain des vaches.

Je n'ai pris ni une seconde, ni une fraction de seconde pour lui dire qu'il avait raison. J'ai bondi sur mes deux pieds et j'ai filé à la maison.

Chapitre 3

Paul Jolicoeur Lajoie Roux

Lundi matin, le ciel s'est enfin soulagé. Il pleuvait à boire debout. Il ventait à écorner les boeufs.

Je n'avais pas eu de nouvelles de Colombe de toute la fin de semaine et j'étais pas mal étonnée de la voir comme d'habitude sous la marquise de l'école.

Recroquevillée au maximum sous son parapluie, elle m'attendait comme si de rien n'était. Mieux, elle s'est littéralement jetée dans mes bras pour me demander, inquiète:

— Tu aimes ça?

Puis pivotant sur elle-même:

— Marie-Christine dit que c'est super beau! Surtout de profil! Surtout avec mes nouvelles petites lunettes à la mode!

Je l'ai examinée un huitième de seconde et j'ai dit pour la rassurer:

— Marie-Christine a raison, tu es *cute* à mort!

Et c'était plutôt vrai! Bref, avec sa petite coupe punk, sa couleur noire-noire, son toupet avec des mèches bleues et ses nouvelles petites lunettes rondes, Colombe avait un genre!

Mieux, les trois gros plis qui lui ravageaient le front ont disparu comme par enchantement. Miraculeux, non? Enfin, j'en ai profité pour la pousser à l'intérieur de l'école. Mais, sitôt à l'abri, Colombe a continué:

— Tu ne peux pas savoir tout ce que j'ai à te raconter!

Et tout en marchant Colombe a commencé:

— Tout le monde dit que ça me fait bien! Sauf ma mère! Mais elle... je m'en fous! Ce qui compte, c'est que je m'aime de même! Tu comprends ça, toi?

J'ai fait signe que oui et Colombe a continué:

— J'étais tannée. Super-hyper tannée de me faire traiter de poche. De sotte! De moche! Tannée de me faire écoeurer par la bande à Falcon, les *skins,* les Hispano, les Haïtiens... Tannée surtout d'avoir seize ans et de n'avoir jamais eu un amoureux... Je veux dire un vrai!

Là, Colombe s'est arrêtée pour me demander encore:

— Tu comprends ça, hein?

J'ai refait signe que oui et j'ai tiré Colombe pour filer vers le corridor C, celui qui mène au laboratoire de bio. Enfin, Colombe a repris sa litanie:

— Je suis tannée aussi de me faire répéter par mon père, puis par ma mère: «Pauvre petit pitou, tu fais bien pitié!» Alors... j'ai décidé de changer! Changer de tête! Changer de look! Changer de goûts! Changer de vie! J'ai abandonné mes cours de tai-chi et j'ai déjà pris mon premier cours de karaté! Je l'ai pris avec Marie-Christine. Tu devrais voir le prof!!! Un gars super beau! Super fin! Super gentil! Il dit que j'ai du talent! Que je suis douée.

Là, Colombe s'est arrêtée net. D'abord pour reprendre son souffle, puis pour me demander cette fois, ce que j'en pensais vraiment.

Je ne savais pas trop quoi lui répondre.

Compliqué, tout de même, d'imaginer quelqu'un qu'on aime en quelqu'un d'autre. Enfin, j'ai simplement répondu que pour les cours de karaté... c'était une fichue bonne idée! Et, ma foi, je ne pensais jamais si bien dire!

On tournait le coin et, droit devant nous, toute la bande à Falcon niaisait le long du corridor, appuyée sur des cases. Et il fallait que Louis Falcon lui-même bloque la porte d'entrée.

J'ai vu le visage de Colombe blanchir d'un coup. Enfin, on n'avait pas le choix, je lui ai soufflé:

— Suis-moi... On fonce dans le tas.

Finalement, j'ai joué un peu des coudes et j'ai réussi à me faufiler à l'intérieur du labo assez facilement. Mais Colombe, la pauvre, est restée derrière, bêtement coincée dans les pattes de Louis. En me retournant, j'ai vu que l'idiot lui avait arraché ses lunettes et, maintenant, il lui malaxait la tête à pleines mains, en répétant comme l'imbécile qu'il est:

— C'est crampant une Colombe qui se prend pour un corbeau! C'était pas la peine d'en faire autant! T'as l'air aussi patate qu'avant!

J'ai vu rouge, je vous jure. Et même si ce n'est pas évident de foncer sur une dizaine de machos qui se prennent pour la ligne d'attaque des *Roughriders* de Calgary, c'est exactement ce que j'ai fait.

Je devais avoir une tête à tuer, parce que toute la bande a fait le vide autour de moi. Louis Falcon m'a même remis les petites lunettes de Colombe en bafouillant:

— C'était une farce... *Shit!* On est plus capable de rire, maintenant!?

Bref, j'ai traîné Colombe dans la classe, je l'ai assise sur le banc du fond... et j'ai tenté de lui remettre ses lunettes rondes... mais blessée profondément, je suppose, puis humiliée à mort surtout, elle refusait maintenant de les porter.

Ensuite, je vous jure encore une fois que le cours s'est déroulé calmement. Le prof qui n'avait rien vu, ça ne voit jamais grand-chose, les profs, n'en revenait pas. Il jubilait au maximum, le bienheureux!

Enfin, quand la cloche a sonné, Colombe, elle, n'avait pas encore relevé les yeux. Et ses joues avaient une drôle de couleur. Je veux dire une couleur entre le vert lime et le gris souris. Elle semblait aussi avoir la tête ailleurs, comme quelque part où les choses ne nous font plus un pli sur le nombril. Blindée! Immunisée, mon amie!

Bref, je sais que c'est lâche un peu, mais j'ai dû la quitter. J'avais ma toute première réunion du journal de l'année et pour moi, le journal de l'école, c'est sacré!

Enfin, je fais partie de l'équipe depuis deux ans. Je m'occupe un peu de mise en page et surtout de la chronique spectacles-cinéma-littérature. Finalement, comme Colombe n'avait plus tellement d'appétit pour manger, ça se comprend, je l'ai installée en toute sécurité à la bibliothèque. Et j'ai filé au journal, au deuxième étage!

***

Aussi bien avouer tout de suite que pendant la réunion, je me suis rendue un petit peu ridicule... Je veux dire que je me suis défoulée sur quelqu'un qui, lui, a dû se sentir vraiment, vraiment ridicule.

Un nouveau qui va se demander encore longtemps ce qu'il y avait de tellement stupide, de tellement idiot et de tellement tout croche, à vouloir écrire une chronique sur la boxe, la lutte olympique, les autos et les motos.

Un nouveau qui a perdu, assez vite, son petit sourire mi-baveux, mi-moqueur, mi-agaçant, mi-enjôleur. Son petit sourire en coin, quoi!

Enfin, le pauvre a survécu, même s'il a quitté la réunion avant tout le monde en me suggérant fortement d'abandonner ma chronique sur les arts pour une chronique plus appropriée... Une chronique sur le «féminisme enragé», évidemment!

Bon, je sais que je l'avais charrié un peu. Perdre les pédales, ça arrive à tout le monde, non? Mais ce n'est qu'à la fin que Charles Petit, le responsable du journal, m'a demandé en me regardant dans le blanc des yeux:

— Dis donc, Marilou... Tu avais quelque chose de personnel contre ce Benoît Brisson? Après tout, il n'y a pas si longtemps... tu t'intéressais drôlement aux autos, toi aussi.

Je lui ai répondu, mi-figue, mi-raisin, et en rougissant un peu:

— Moi... bien voyons! J'ai seulement quelque chose contre la boxe, la lutte et les motos. Pas chinois, non?

***

Finalement, quoi qu'on en dise, la vengeance, ça soulage parfois! Même si c'est par ricochet. La preuve, j'avais le moral au beau fixe quand j'ai retrouvé Colombe, à la bibliothèque.

Mais mon amie, elle, était encore plus déprimée que ce matin! Ce n'était pas génial, mais en la quittant je lui avais suggéré de faire comme moi, je veux dire de plonger tête première dans un dictionnaire et de laisser ses mauvaises idées se noyer dans une mer de définitions.

Malheureusement, mon amie avait choisi un dictionnaire illustré. Et je l'ai retrouvée, pleurant sur la photo super tragique d'un bébé phoque qu'on arrachait à sa maman.

Enfin, j'ai fini par la brasser un peu. Puis je l'ai même carrément tirée par la manche en disant assez fort pour que la bibliothécaire me dévisage comme si je venais de déclencher dix sonnettes d'alarme dans une pouponnière endormie:

— Viens... on va aller voir dehors si on y est! J'en ai ras le bol d'Albert-Legrand aujourd'hui!

Colombe, figée net, m'a regardée avec la même moue et les mêmes yeux qu'une poupée Bouts de chou. Bref, avec l'air de me dire:

— Qu'est-ce qui te prend? Tu es tombée sur la tête ou quoi?

C'est facile à comprendre. Je n'avais jamais, jamais manqué l'école... sans raison valable, je veux dire!

Alors, pour lui éclaircir les idées, la remettre pile à l'heure juste, j'ai dit:

— Ce n'est pas parce que je n'ai jamais manqué l'école qu'il ne faut pas commencer un jour. Et le jour J, c'est aujourd'hui!

Je sais qu'il y a des choses qui ne se disent pas. Comme avouer que les études, on aime ça! Que les cours ne sont pas tous chiants! Que les profs ne sont pas tous stupides! Bref, qu'à l'école, c'est généralement beaucoup moins stupide et moins chiant que d'habiter rue d'Iberville.

Enfin, on est sorties en catimini, comme deux idiotes qui se sentent coupables, même si à Albert-Legrand on entre et on sort comme dans un moulin. Et dehors, il pleuvait toujours à boire debout. Et il ventait toujours à écorner les boeufs. Alors, on s'est tassées comme deux sardines sous le même parapluie. Puis on a foncé.

Il pleuvait tellement qu'on a d'abord

marché en silence. En évitant les rafales d'eau, les flaques d'eau, les rigoles d'eau. Et tout doucement le ciel s'est éclairci. Le vent a manqué de souffle et la pluie s'est arrêtée.

Puis on a continué à marcher collées. Sans même penser à refermer le parapluie. Et on a ralenti. Enfin, j'ai jeté un coup d'oeil sur mon amie. Elle avait toujours son air d'hallucinée et la tête tellement basse, maintenant, que je me suis dit: «Si ça continue, elle va embrasser le trottoir!»

C'est sûr que mon amie pensait encore aux niaiseries de Louis Falcon! Alors, mine de rien, je lui ai suggéré, encore une fois, de remettre ses petites lunettes rondes!

Mais encore une fois, elle a fait signe que non. Finalement, on a continué d'avancer en silence. Et j'avoue que je me creusais les méninges au maximum pour trouver quelque chose pour la dérider, lui changer les idées.

Enfin, j'ai pensé à un jeu... Un jeu que j'avais inventé il y a longtemps pour mon petit frère Francis. Un jeu pour oublier. Un jeu pour faire sourire. Et j'ai commencé en disant:

— Fais pas la nounoune, Colombe...

Louis Falcon, c'est juste un cave! Un pas beau! Un laid et un sale!

Je sais que c'est niaiseux, mais parfois, quand il n'y a plus rien à faire, ce sont les niaiseries une grosse miette bêtes qui marchent.

Toujours muette comme une carpe, Colombe n'a même pas haussé les épaules. Alors, j'ai pris mon courage à deux mains et j'ai continué contre vents et marées:

— Fais pas la tarte, la patate, Colombe... Louis Falcon, c'est juste un boutonneux! Un imbécile qui ne pourrait même pas faire la différence entre un manche de pelle et une manche de chemise!

J'ai encore pris une seconde pour l'examiner. Et j'ai cru voir, cette fois... l'ombre, l'esquisse, enfin l'ébauche d'un semblant de sourire. Encouragée, j'ai poursuivi:

— Fais pas l'andouille, la sacoche, la chaise longue, Colombe! Louis Falcon c'est un raté, un dépaysé, une tête enflée, un petit comique, un niaiseux, un mal foutu! Un sac à puces! Un corniaud, un pas rigolo! Bref, Colombe... Louis Falcon, c'est juste le grand vizir des caves et le calife des épais! Le roi des imbéciles! Le pape des cornichons! Et le prince des navets!

Bon! J'ai beau passer des soirées dans le dictionnaire, j'étais à court de mots. Mais enfin, cette fois, je vous jure encore, Colombe a souri, vraiment. Et c'est même elle qui a continué:

— Tu as raison... C'est un épais! Un rien du tout! Un petit rien du tout bordé en bleu, comme disait ma grand-mère! Au fond, c'est vrai, Louis Falcon, c'est juste un pas beau! Un pas bon et un laid!

Et là, ma foi... Colombe a éclaté de rire. Exactement comme mon petit frère Francis quand... autrefois un autre pas beau, un autre pas bon, un autre laid s'était moqué de lui, l'avait brassé ou lui avait donné des coups.

***

Ensuite, Colombe a osé remettre ses petites lunettes rondes. On a fermé le parapluie et, en riant comme deux folles, on a bifurqué vers l'ouest. Il n'y avait pas d'arc-en-ciel à l'horizon, mais c'était presque pareil.

Enfin, le soleil tapait tellement fort maintenant que les flaques d'eau séchaient à vue d'oeil. Et en marchant, on a parlé comme deux belles fines de tout et de rien. C'est-à-dire de la Toyota du directeur! De son prof de karaté qui courait après elle! De Benoît Brisson qui fatalement était un épais comme les autres! Puis de sa coupe de cheveux et encore de ses petites lunettes rondes!

Finalement, on s'est retrouvées au pied du mont Royal. Et comme il était à peine quartorze heures, on a décidé d'escalader la montagne jusqu'au sommet.

On ne s'est jamais rendues en haut. En chemin, on a rencontré un gars qui faisait du jogging. Une sorte de chien fou courait sur ses talons. Le jogger avait les oreilles décollées, un peu comme le fils aîné de la reine d'Angleterre. Enfin, sans nous demander de permission aucune, mais avec un sourire à se décrocher la mâchoire, il nous a aussitôt emboîté le pas.

J'ai vu tout de suite que c'était le genre fils à papa. Bien avant qu'il dise où il étudiait. Bien avant qu'il raconte qu'il courait tous les marathons du monde, en amateur.

Bref, son chien s'appelait Pif et lui, Paul Jolicoeur Lajoie Roux. Et j'ai pensé qu'il avait bien de la chance d'avoir la montagne pour s'entraîner, des parents pour l'encourager et un chien fou pour le stimuler.

Paul Jolicoeur Lajoie Roux parlait sans arrêt, un vrai moulin à paroles. Et je vous dis que maintenant Colombe était aux petits oiseaux. À travers ses petites lunettes, ses yeux brillaient même beaucoup. Enfin, Paul Jolicoeur a pointé le doigt vers un toit accroché au flanc de la montagne en disant:

— Je vous invite à boire quelque chose à la maison. C'est à quatre minutes d'ici en joggant.

J'ai demandé combien ça pouvait faire en marchant. Et il a répondu:

— Je ne peux pas le dire... je l'ai toujours fait en courant.

Colombe a fait signe que ça lui tentait, alors, j'ai fait signe que oui, moi aussi. Et ça nous a pris un bon vingt minutes pour arriver à une sorte de... résidence qui m'a paru presque aussi grande que la polyvalente Albert-Legrand.

Enfin, je ne sais pas si Colombe avait déjà vu une maison comme celle-là... moi, jamais.

Je n'avais jamais vu non plus, même à la télé, autant de choses, je veux dire de choses-vases, de choses-potiches, de choses-rares entre une porte de réfrigérateur et une porte d'entrée.

J'étais un peu mal à l'aise et plutôt désorientée. Pour ne pas que ça paraisse... j'ai disserté assez longtemps sur les petites bulles qui sautillaient dans mon verre de Ginger Ale.

Colombe, elle, semblait nager là-dedans comme un saumon dans l'océan Pacifique. Bref, son moral atteignait maintenant les hautes sphères de la planète et le mien frisait plutôt les abysses des océans. Enfin, Colombe a proposé de se tremper les orteils dans la piscine du jardin.

On avait roulé nos jeans et, ma foi, on avait de l'eau jusqu'aux genoux quand la mère de Paul Jolicoeur Lajoie Roux a fait son apparition. J'ai eu tout de suite pour elle... une sorte d'antipathie naturelle. Je ne peux pas vraiment dire pourquoi, mais c'est comme ça!

En fait, c'est encore comme ça... même si Colombe, plus tard, m'a répété et répété que c'était moi qui avais des complexes. Bref, j'étais certaine que, malgré sa gentillesse, malgré sa politesse, la mère de Paul n'avait qu'une envie, l'envie de nous voir redévaler la montagne.

Enfin, j'ai fait un petit signe à Colombe. On a déroulé nos jeans, réenfilé nos souliers de gym et on allait dire au revoir et merci... lorsque Paul m'a tirée par le bras, traînée entre une haie de rosiers et un massif de cèdres... pour me chuchoter à l'oreille:

— J'aime bien ta façon de penser... j'aimerais ça te revoir. Tu veux me donner ton numéro de téléphone?

Pour quelqu'un qui m'avait seulement entendue monologuer sur des petites bulles de Ginger Ale... j'ai trouvé qu'il avait beaucoup d'imagination.

Enfin, c'est là que j'ai fait une grosse bêtise. Je veux dire une énorme bêtise. Je ne voulais pas faire de mal à Colombe, mais... sur le coup, j'ai pensé que mon amie était plus à l'aise que moi dans le décor. Et j'ai donné à Paul Jolicoeur, et le numéro de téléphone de la mère et le numéro de téléphone du père de Colombe.

C'est sûr que le lendemain, je l'ai regretté. Colombe m'en a voulu à mort. Elle n'a pas apprécié, je vous jure, qu'un gars l'appelle enfin... pour parler à quelqu'un d'autre.

Chapitre 4

Les artichauts

Ça fait à peine un mois que l'école est commencée et je trouve qu'Albert-Legrand a bien changé.

D'abord, les minorités visibles, comme les appelle le directeur, sont beaucoup plus visibles que par les années passées.

Je trouve aussi que les bandes se multiplient à vue d'oeil. Je parle des bandes d'épais qui défendent leur bout de corridor, leur coin de cafétéria, leur cage d'escalier, leur portion de parking... contre une autre bande d'épais qui défendent la leur. Bref, il y a plusieurs endroits où il est préférable de ne pas flâner.

Enfin, ça fait à peine un mois que l'école

est commencée et je trouve qu'il y a beaucoup plus de petites lunettes rondes sur le bout du nez des filles qu'il reste de macarons *Sauvons les baleines* sur leurs tee-shirts.

Colombe mise à part, il n'y a que le beau Benoît Brisson qui en a placardé son blouson. Bref, les fidèles défenseurs des baleines à bosse sont plus rares maintenant.

En parlant de Benoît Brisson, j'ai l'impression de l'avoir dans les pattes beaucoup trop souvent à mon goût. Et pas seulement parce qu'il fait désormais partie de l'équipe du journal, pas seulement parce qu'il reste à deux pas de chez moi...

Je veux dire que je le croise trop souvent par hasard dans les corridors, dans la rue, un peu partout, quoi! Il m'agace aussi avec ses allusions et ses petites questions.

Enfin, c'est bien difficile de faire comprendre à un macho pareil que ça ne sert à rien de m'adresser la parole, encore moins de m'inviter sur sa moto et encore moins de me parler des états d'âme de sa Manon Dubé.

Je préfère aller au cinéma avec Paul Jolicoeur. Parce que lui, je l'ai revu. Et je sors avec lui deux ou trois fois par semaine. Eh oui! même s'il ressemble toujours au fils de la reine Élisabeth, même s'il parle toujours autant qu'avant et même s'il me répète encore que ce qu'il aime chez moi, c'est ma façon de penser!

Je me donne bien du mal pour lui donner des rendez-vous le plus loin possible de la rue d'Iberville, bien du mal aussi pour éviter ses invitations au chalet de ses parents dans les Laurentides. Bref, j'ai résolu le problème en lui racontant que j'avais des parents ultra sévères, super arriérés, super tout... quoi!

Finalement, j'ai un chum comme tout le monde. On s'embrasse un peu, mais j'imagine que ce n'est pas le grand amour. Je veux dire l'amour compliqué à mort comme ça arrive à Colombe. Enfin, même si elle ne me dit pas tout, comme avant, elle m'a raconté suffisamment de choses. Le reste, je le devine, quoi!

Je me dis aussi que si ses parents en devinaient autant... mon amie n'aurait plus le choix de déménager selon ses humeurs. Sa mère l'enverrait, subito presto, chez son père. Et son père, subito presto, pensionnaire dans un collège très, très éloigné.

Au fond, malgré les apparences, ce n'est

pas moi, mais Colombe qui a des parents ultra sévères et super arriérés. Moi, j'ai seulement des parents qui se foutent de moi comme de l'an 40! Du moins, je le pense!

Enfin, mon amie a l'air super-hyper heureuse, comme elle dit, avec son prof de karaté. Elle flotte sur une montagne de nuages. Bien au-dessus, en tout cas, des bandes de l'école, en général, et de celle de Louis Falcon, en particulier. C'est comme si l'amour lui donnait de l'assurance, ma foi!

Finalement, pour tout avouer, j'envie drôlement les petites étoiles qui brillent dans ses yeux, mais parfois je regrette de ne plus la voir aussi souvent. Bref, ses amours à elle sont devenues tellement exclusives!!!

***

On est samedi le 29 septembre. Ce n'est pas une date importante, mais en téléphonant, j'ai vu que mon frère Luc l'avait encerclée sur le calendrier suspendu juste au-dessus du téléphone.

Enfin, je téléphonais à Paul Jolicoeur pour annuler notre rendez-vous de ce soir au «5116». Le «5116», c'est l'endroit où il va avec des amis de son collège.

En fait, j'avais la voix tellement enrouée que je n'ai pas eu besoin de lui faire un dessin. Ensuite, je suis allée me recoucher.

J'ai la grippe depuis deux jours, une grippe avec une fièvre de cheval, un nez qui coule comme les érables au printemps et une tête tellement coincée dans un étau que je n'arrive même plus à aligner deux idées de suite.

J'ai avalé deux Tylenol extra-fortes et j'ai dormi un bon bout de temps, puis je me suis réveillée. Tout était silencieux dans la maison. Et j'ai entendu mon père qui tournait les pages de son journal sur la table de cuisine... Je me suis souvenue que maman était partie magasiner. Et qu'hier, mon frère Luc n'était pas rentré.

Enfin, à la manière dont mon père tournait les pages, j'ai senti qu'il en voulait beaucoup à mon frère. Non pas que découcher soit un crime... mais pour mon père et ma mère, les allées et venues de leur Luc chéri, c'est ultra-hyper-super important. Finalement, j'ai oublié mon père, mon frère, ma mère et je me suis rendormie.

Je n'ai pas dormi longtemps. Cette fois, je me suis réveillée en sursaut, transie, mouillée, en nage. J'avais fait un cauchemar sans queue ni tête, un cauchemar avec le vrai Superman, celui des bandes dessinées! Et je tentais désespérément de lui expliquer la signification des mégahertz.

C'était bête comme rêve! Enfin, j'ai pris une gorgée d'eau et me suis encore rendormie. Puis encore réveillée. Superman ne comprenait toujours rien aux mégahertz. Ma mère magasinait toujours. Mon frère n'était toujours pas rentré. Mais... cette fois mon père parlait avec quelqu'un.

La voix disait clairement:

— Heureux de faire votre connaissance!

Et... bien avant que je reconnaisse tout à fait la voix de Paul Jolicoeur Lajoie Roux, j'ai remonté mes draps au-dessus de ma tête. Je voulais me cacher, ne rien entendre, me rendormir aussitôt et... réexpliquer à l'infini l'unité de mesure des ondes magnétiques à un Superman hyper bouché.

Je ne voulais pas entendre mon père raconter sa vie et ses misères, donc les miennes, forcément! Je m'étais donné trop de mal pour cacher ce qui ne faisait pas mon affaire. Bref, pour inventer des choses, quoi!

Enfin, j'ai entendu trois petits coups à la

porte de ma chambre et mon père chuchoter derrière:

— Il y a quelqu'un qui voudrait te voir, Marilou!

Je me suis enfoncé la tête dans mon oreiller et je n'ai rien répondu.

Après, longtemps après, j'ai entendu Paul Jolicoeur dire au revoir. Puis la porte claquer. Puis j'ai imaginé les éternels débris de plâtre dégringoler sur le plancher. Puis mon père recommencer son petit manège avec les pages de son journal.

Enfin, j'ai enfilé une robe de chambre et je me suis traînée jusqu'à la cuisine. Sur la table, il y avait une bande dessinée et trois grosses oranges enrubannées. Mon père a pointé l'index vers les oranges en disant:

— Il a laissé ça pour toi... Tu aurais pu te lever... c'est vraiment quelqu'un de bien, ce Paul Jolicoeur!

J'ai haussé les épaules et je n'ai touché à rien. Mon père m'a regardée, la bouche ouverte, sans rien comprendre. Finalement, j'ai pris un verre d'eau, j'ai avalé deux autres Tylenol extra-fortes et suis retournée dans ma chambre.

***

Le lendemain, Paul Jolicoeur a téléphoné trois fois. Et même si j'allais beaucoup mieux, j'ai fait répondre que je n'y étais pas. Puis au début de l'après-midi, le beau Luc a rappliqué. Je dis le beau Luc, mais le pauvre était beaucoup moins beau que d'habitude.

Bref, il avait une arcade sourcilière fendue et la lèvre du bas aussi gonflée qu'un pneu Michelin. Enfin, pendant que maman lui badigeonnait l'arcade avec du mercurochrome, il a raconté une histoire. Je veux dire une histoire de fou où une soi-disant fille jalouse... l'aurait ni plus ni moins kidnappé. Et, croyez-le ou non, et mon père et ma mère l'ont cru ou ont fait semblant de le croire!!!

Finalement, pour fêter son retour, ma mère lui a cuisiné son plat préféré, une lasagne aux épinards! Mais, pendant tout le repas, même si Luc racontait qu'au bar où il travaillait, il faisait tellement de pourboires... qu'il aurait bientôt son auto, j'ai bien vu, moi, que mon frère était super nerveux!

***

Lundi matin, je reniflais encore un peu,

mais je suis retournée à la polyvalente. J'en avais assez de la maison, de ma chambre, de mon lit. Absente depuis jeudi dernier, j'avais drôlement hâte de retrouver Colombe.

Bref, je l'ai cherchée partout et je ne l'ai trouvée nulle part. Finalement, je me suis demandé si elle n'avait pas attrapé la grippe, elle aussi.

Puis, vers midi, je suis montée au journal. Je devais taper à l'ordinateur un court texte sur la vie de Nelligan. J'ai hésité en apercevant de loin Benoît Brisson appuyé au chambranle de la porte. Il avait l'air d'attendre quelqu'un.

Enfin, trop préoccupé, je suppose, par la poignée d'arachides qu'il décortiquait, puis avalait méticuleusement, il ne m'avait pas encore aperçue.

Finalement, je n'ai pas eu le courage de foncer et d'entrer. J'ai fait demi-tour, bien décidée à revenir un peu plus tard dans la journée.

Vers quinze heures, j'y suis retournée. Il n'y avait personne. Benoît Brisson avait déguerpi, mais il m'avait laissé un message sur l'ordinateur. Et, cette fois, j'ai rougi jusqu'à la racine des cheveux en lisant:

À M. B. de B. B.

Tu es belle comme une marguerite et sauvage comme un artichaut. Je sais que tu m'évites, mais ça ne fait rien, je suis patient! Tu as un texte à remettre aujourd'hui. Alors, tu finiras bien par tomber sur mon mot.

Enfin, je t'ai attendue longtemps pour t'inviter au super feu d'artifice, samedi prochain. Tu n'as pas à avoir peur... On ne sera pas tout seuls. J'ai des billets pour toute l'équipe. Comme ça, on pourra entrer sur l'île Sainte-Hélène.

Ah oui! je voulais te dire... je sais maintenant que ton histoire avec Manon Dubé concerne la mort de ton frère Francis! Je me trompe?

Avec les ordinateurs, c'est difficile de se soulager complètement. Je veux dire qu'on ne peut pas déchirer les mots en mille miettes et les éparpiller aux quatre vents. Enfin, j'ai appuyé sur quelques touches et j'ai tout effacé, puis j'ai tapé mon texte sur Nelligan à cent kilomètres à l'heure. J'en ai fait deux copies. J'en ai laissé une pour Charles Petit et j'ai décampé avec l'autre.

Il était temps... J'ai presque failli buter sur Benoît Brisson. Finalement, je l'ai évité en bifurquant vers l'escalier qui mène à la sortie.

Je pensais l'avoir échappé belle... mais il y a des jours où on évite un piège pour tomber, tête première, dans un autre. Et c'est exactement ce qui venait de m'arriver.

Dehors, la Audi de la mère de Paul Jolicoeur m'attendait juste devant l'entrée. Bref, Paul est sorti de l'auto plutôt excité. Il m'a attrapée par la manche en racontant qu'il n'avait rien compris à mon refus de lui parler au téléphone et voulait, je vous jure, des explications.

Il racontait qu'il savait depuis toujours que j'habitais dans une sorte de quartier populaire, mais qu'après tout, il n'y avait pas que l'argent, les bateaux et les autos qui comptaient dans la vie! Qu'au fond, mon père était un homme très gentil et pas du tout le monstre sévère que je m'imaginais ou que je lui avais décrit. Enfin, qu'avec sa petite visite-surprise... il avait tellement voulu me faire plaisir, tellement voulu bien faire!

Je regardais Paul Jolicoeur se débattre comme un diable et plus il parlait... plus je me sentais injuste.

Bon, tout ce qu'il disait était vrai! Alors, même si j'avais encore envie de l'envoyer, lui, ses oranges, son collège et sa montagne, quelque part aux alentours de Tombouctou... j'ai non seulement accepté de le revoir, mais j'ai accepté de monter dans la Audi de sa mère pour qu'on en parle un peu.

Je ne savais pas encore qu'on se retrouverait tous les deux au chalet de ses parents, pas encore que pour la deuxième fois ce mois-ci, je passerais à deux doigts d'un jour J.

Enfin, en chemin, j'avais parlé comme ça des artichauts. Je voulais savoir ce que ça avait de tellement spécial. Et c'est là que Paul Jolicoeur en a profité pour stopper la voiture devant un supermarché. Il est revenu avec quatre des légumes en question et il a proposé, mine de rien, d'aller les manger au bord du lac Masson.

**

Bon! l'artichaut est finalement une plante potagère assez particulière. Et j'ai souri malgré moi en pensant au mot de Benoît

Brisson.

Bref, dénicher le coeur, la seule chose d'à peu près mangeable dans ce légume, c'est comme... vouloir escalader quatre-vingt-douze barbelés... se faufiler entre quatre-vingt-treize framboisiers... ramper quatre-vingt-quatorze heures dans un champ d'orties... Et finalement, cueillir un fruit, gros comme une cerise, qui a la saveur d'une olive farcie. Donc, ça prend de la patience et c'est pas mal suant.

Surtout quand on a les olives en horreur! Enfin, j'ai mangé mes artichauts en écoutant comme d'habitude Paul Jolicoeur Lajoie Roux. Ensuite, on est allés visiter le domaine... inspecter le hangar à bateaux. Puis admirer le reflet des feuilles d'automne sur les eaux profondes du lac Masson.

Puis, on a marché sur la pelouse et joué dans les feuilles. Puis Paul m'a embrassée sur la joue. Puis sur la bouche et puis dans le cou. Et, sans trop savoir comment... on s'est retrouvés à moitié déshabillés sur la moquette du salon.

Paul m'embrassait toujours. Avec ardeur. Puis avec beaucoup d'ardeur. Puis... avec beaucoup trop d'ardeur. Enfin, lorsque je l'ai vu sortir de sa poche sa petite boîte de condoms... ça m'a refroidie net... Je l'ai repoussé et j'ai dit NON!

Paul a eu l'air idiot, moi aussi, d'ailleurs. Finalement, il a bafouillé quelque chose comme:

— Tu ne m'aimes pas... c'est ça? Je... croyais que...

J'ai bafouillé à mon tour:

— Ce n'est pas ça...

Puis:

— Peut-être...

Et en me rhabillant:

— Je... je ne pouvais pas le savoir avant.

Ensuite, on a replacé tout ce qu'on avait déplacé dans le chalet. Puis, la mine basse, on a repris l'autoroute vers Montréal.

Je ne peux pas dire que je me sentais bien dans ma peau. Je m'en voulais beaucoup. Mais à sa façon de conduire, j'ai compris que Paul m'en voulait davantage.

C'est sûr que son orgueil en avait pris un coup. Et comme pour se venger, il roulait, je vous jure, la pédale au fond.

Pour détendre un peu l'atmosphère et parce que j'avais un peu peur aussi, j'ai dit:

— Je savais que tu courais les marathons, mais tu ne m'avais pas dit que tu courais les Grands Prix.

Et là, Paul Jolicoeur a fait quelque chose qui m'a surprise énormément. C'est difficile à croire, mais il a ralenti. Puis il s'est rangé dans la voie du milieu. Enfin, il m'a jeté un petit regard désolé en disant:

— J'aurais dû deviner que, pour toi, c'était la première fois!

Je n'ai rien répondu et lui n'a pas continué. Mais ensuite, je l'ai regardé autrement. C'était même la première fois que je prenais la peine de le regarder réellement.

Il avait toujours l'air d'un fils à papa, mais j'ai réalisé tout à coup qu'il avait les oreilles beaucoup moins décollées que je l'avais imaginé.

Enfin, il y avait cette fossette au milieu du menton et maintenant ce regard beaucoup moins sûr de lui, un peu inquiet, fragile aussi. Et c'est justement cette fragilité qui m'a donné envie de lui parler.

Lui parler de mes rêves et de mon désir de faire quelque chose d'important dans la vie. Je ne savais pas encore quoi, mais quand même... Lui parler aussi de mon frère Francis, lui dire qu'il aimait tous les chiens comme lui aimait son Pif et qu'il était mort, à quatorze ans, sans avoir eu la chance d'en avoir un.

Je pense aussi que j'aurais pu avoir le courage de lui dire que Francis n'était pas une 100 watts, à peine une lampe de poche, peut-être même une veilleuse! Bref, qu'il souffrait de trisomie 21. Francis était un mongolien! Un mongol, comme on dit souvent! Un mongol qui riait quand tout le monde riait et qui pleurait quand tout le monde pleurait.

Enfin, j'aurais presque pu lui parler de l'accident. Lui dire ce que je n'avais jamais dit à personne. Lui dire pourquoi j'avais si peur maintenant... Peur parce que ce jour-là, j'ai compris ce qui arrivait à tous ceux qui n'avaient rien pour se défendre dans la vie.

Et je me suis demandé aussi pourquoi j'avais pensé bêtement au panda quand l'écologiste avait parlé des mammifères plus petits.

Enfin, la Audi s'engageait maintenant dans le tunnel d'Iberville. Et il était beaucoup trop tard pour commencer. Finalement, j'ai seulement remercié Paul Jolicoeur pour les artichauts. Et lui m'a dit comme j'étais une fille chouette, malgré tout.

En le quittant, j'ai eu l'impression qu'on ne se reverrait jamais, que c'était fini entre nous. Puis j'ai pensé aussi que si je m'étais donné la peine de parler un peu, lui d'écouter... il aurait peut-être aimé ma façon de penser.

Chapitre 5

Presque l'an 2000

Le lendemain ce n'est pas Colombe qui m'attendait sous la marquise de l'école, mais... Benoît Brisson! On l'avait chargé d'avertir toute l'équipe du journal qu'il y avait une réunion extraordinaire, à midi pile, au deuxième étage.

Tout l'avant-midi, je me suis demandé pourquoi. Finalement, j'ai appris avec tout le monde que Charles Petit avait discuté une partie de la nuit avec Benoît. Et qu'il avait eu une sorte de révélation, un éclair de génie, quoi!

Ce n'était pas son genre mais là, je vous jure, Charles était en pleine exaltation. Il avait relu les numéros de l'an passé et il parlait maintenant du *Presque l'an 2000,* c'est le nom du journal de l'école, comme d'un ramassis de clichés qui n'avaient rien à voir avec notre vie d'élèves à Albert-Legrand! Bref, ça lui avait sauté au visage.

Enfin, selon lui, il était beaucoup trop question des pluies acides, de pollution et pas assez de la nourriture de la cafétéria. Beaucoup trop des statistiques sur le sida et pas assez de l'absence de distributrices de condoms dans les toilettes! Beaucoup trop des bombes atomiques, des bombes bactériologiques et pas assez des bandes qui se battent dans les corridors! Beaucoup trop d'amour, de liberté et pas assez du mal de chien que se donnent les filles pour séduire les gars et vice versa!

Finalement, Charles avait tellement semblé charrier que Sophie Desmarais a fini par le traiter de maudit *preacher!* Sébastien Cormier, d'illuminé! Et Alexandra Lesage, de visionnaire à la noix!

Ça n'a pas eu l'air de le déranger du tout. Et il a continué, avec un peu plus de succès cette fois, en nous faisant remarquer qu'à l'école, il y avait plus de soixante-cinq pour cent de minorités visibles et aucun représentant de ces minorités parmi notre glorieuse équipe! Que pendant qu'on fignolait notre rhétorique et qu'on corrigeait nos fautes d'orthographe... on parlait de plus en plus anglais dans les corridors!

Finalement, toute l'équipe avait les yeux ronds comme des billes quand il a proposé de recruter trois ou quatre représentants d'ethnies diverses et de se partager ensuite l'école en secteurs.

Il nous proposait, si j'ai bien compris, d'observer ce qui se passait au gymnase, à l'auditorium, dans le stationnement, à la cafétéria, dans les toilettes, dans les corridors... Puis d'écrire nos chroniques là-dessus.

Enfin, Charles s'est tu. Je ne dis pas qu'il était temps, mais presque! Il y a eu ensuite une bonne minute de silence. Puis toute l'équipe s'est mise à parler en même temps. Cela a duré assez longtemps, d'ailleurs. Enfin, Sophie Desmarais, sûrement la plus grosse mangeuse de *fast-food* de l'école, s'est mise à crier par-dessus tout le monde:

— Moi, je m'occuperai de la caf, j'ai trop peur qu'on remplace mon comptoir à hot-dogs par un comptoir à tofu!

J'allais dire à mon tour que patrouiller les corridors ferait mon affaire, mais Charles

Petit, un peu moins exalté maintenant, venait de clore la réunion.

Enfin, pendant qu'on ramassait nos paperasses, Benoît Brisson a demandé une minute d'attention pour parler du feu d'artifice de samedi. Moi, j'avais autre chose en tête. Bref, je pensais maintenant beaucoup à Colombe. Alors, j'ai fait semblant de ne pas entendre et je suis sortie.

***

Ça faisait déjà cinq jours que je n'avais pas de nouvelles de mon amie. Cinq jours que je tombais ou sur le répondeur de sa mère ou sur le répondeur de son père.

J'avais quinze minutes avant la reprise des cours et je voulais en profiter pour faire le tour de l'école, mettre la main sur Marie-Christine Langevin et lui poser deux ou trois questions.

Je me disais qu'elle aurait peut-être des nouvelles fraîches! Après tout, elle prend toujours des cours de karaté avec Colombe, c'est logique, non?!

Finalement, en patrouillant les corridors, je me suis demandé sérieusement ce qu'il pouvait y avoir d'intéressant à surveiller des lieux pareils. Mais surtout, ce que je pourrais bien écrire là-dessus.

Bref, j'étais rendue au dernier étage et je n'avais toujours pas aperçu mon oiseau rare. Alors, je suis redescendue et en entrant dans la cafétéria, j'ai vu Marie-Christine en grande conversation avec Benoît Brisson.

Ils avaient l'air de s'entendre drôlement bien, tous les deux! Comme je n'avais pas envie que Benoît s'imagine que je courais après lui, encore moins que je voulais lui parler du feu d'artifice... j'ai fait demi-tour.

Et c'est en réarpentant les corridors que j'ai pensé finalement qu'un gars qui s'occupait d'une fille comme Marie-Christine et d'une fille comme Manon Dubé... était forcément beaucoup plus épais que je l'imaginais!

Puis je me suis dit que c'est de ça que je devrais parler dans le journal de l'école! Parler des tas de zouaves qui aiment les tartes! Et des tas de dindes qui aiment les épais!

Finalement, j'ai pensé que j'exagérais un peu. Que c'était dans mon tempérament d'exagérer. Qu'au fond, si je me forçais un peu, j'aurais assez de caractère pour fracasser les miroirs ou plier les petites cuillers à distance.

Enfin, j'ai arrêté de penser, puis, écoeurée, j'ai filé à mon cours d'anglais et, encore plus écoeurée, à mon cours d'arts plastiques, mon dernier cours de la journée.

***

Vous allez peut-être dire qu'au fond je suis une fille aussi zouave que les autres! Que Marilou Brochu est tout à fait capable, elle aussi, d'inventer mille singeries pour se retrouver dans les pattes de quelqu'un! Mais là, je vous jure, s'il y a une chose que j'aurais voulu éviter... c'est bien la fameuse tarte aux pommes de Mme Brisson!

Enfin, je n'ai pas eu le choix... Après la classe, je remontais, comme toujours, la rue d'Iberville. Et, de loin, j'ai vu, cette fois, une voiture de police stationnée de travers, juste devant chez nous.

Il y avait beaucoup de monde sur le trottoir. Je me suis dit, auto de police... donc, tas de curieux, comme d'habitude!

Puis j'ai pensé à mon frère, à ses petites *affaires,* à sa lèvre enflée et à la date encerclée en rouge sur le calendrier. Enfin, j'ai couru et je me suis approchée suffisamment pour me rendre compte, soulagée, que mon frère Luc n'avait rien à voir là-dedans. Bref, que c'était du petit frère de Benoît Brisson qu'il était question!

Puis j'ai entendu un gros bonhomme, mille kilos au moins, hurler aux agents qu'il avait pris le petit morveux sur le fait!

En jouant des coudes, j'ai aperçu la Ford Taurus et j'ai compris illico de quel fait il voulait parler.

Ce n'était pas génial, mais Hugo ne s'était pas contenté, cette fois, de lancer des petits cailloux sur la portière de l'auto... il y avait gravé, assez profondément d'ailleurs, une belle grosse tête de mort avec deux tibias croisés.

Finalement, j'ai entendu Hugo tenter d'expliquer dans ses mots pourquoi le gros propriétaire n'avait pas le droit de «stationner son char... dans le garage de son frère!»

Et, ma foi, c'était absolument clair. Le garage... c'était le grand rectangle qu'il avait dessiné avec une craie dans la rue. La preuve, il y avait écrit le mot MOTO. Et le propriétaire, qui se croyait tout permis, avait malgré tout stationné le nez de sa voiture dedans. Bref, c'est pour montrer à quel point le propriétaire était dans son tort, que

Hugo avait décidé de lui faire un dessin.

Enfin, c'est là que le gros mille kilos s'est mis à crier, puis à hurler. Là que Hugo s'est mis à pleurer. Là que... comme je ne supporte toujours pas de voir un enfant qui pleure... j'ai écarté les policiers, foncé sur le propriétaire et pris Hugo dans mes bras pour le consoler.

Finalement, il s'est un peu calmé. J'en ai profité pour dire aux policiers:

— Vous voyez bien qu'il est trop jeune pour comprendre.

Les deux tatas m'ont regardée. Puis l'un des deux, j'ose espérer que c'est le moins brillant, a dit en hochant la tête:

— Ben... s'il est assez vieux pour écrire le mot MOTO...

Enfin, c'est là aussi que j'ai entendu Mme Brisson crier du deuxième étage:

— Lâchez mon petit! Lâchez mon petit... sinon vous allez avoir affaire à moi!

Et là que j'ai vu la faiseuse des *plusss, plusss* bonnes tartes aux pommes du monde descendre l'escalier, bousculer la foule et fondre sur les policiers en hurlant:

— Attendez que mon Benoît arrive... vous allez avoir affaire à lui.

Puis en m'arrachant Hugo des bras:

— Vous... vous êtes la seule ici à avoir une tête sur les épaules!

Finalement, en prenant la foule à témoin:

— Non mais... appeler la police pour une couche de peinture!

Enfin, Hugo s'est remis à pleurer, les gens à rire et à parler. Les policiers, le propriétaire et Mme Brisson à hurler encore, si bien qu'il y avait tellement de bruits, de rires et de cris que personne n'a entendu la moto qui remontait la rue.

Bref, c'est presque par surprise que Benoît Brisson, et *sa* Manon Dubé accrochée derrière, est venu freiner sec, à deux centimètres des bottes d'un des policiers.

Manon a failli perdre l'équilibre. J'aurais bien aimé, mais elle s'est rattrapée de justesse.

Enfin, l'agent, toujours le moins brillant des deux, s'est mis à tousser comme s'il venait d'inhaler tout l'oxyde de carbone des puits du Koweit.

Et l'autre, qui n'avait pas encore parlé, a dit assez fort pour que plusieurs personnes l'entendent:

— Toi, la petite, file! Et toi, le grand, enlève ton casque, on veut te voir la face!

Comme une lâche, Manon Dubé a aussitôt sauté dans la rue. Puis je l'ai vue se faufiler et se cacher derrière un groupe d'écornifleurs.

Enfin, les gens ont cessé de rire... et tout s'est passé très vite.

D'abord, Mme Brisson m'a reflanqué Hugo dans les bras pour se jeter dans ceux de Benoît.

Puis un des policiers, toujours le même, a eu la mauvaise idée de l'en empêcher. Mme Brisson poussait. Le policier tirait. Hugo pleurait. Le gros bonhomme hurlait. Le grand cirque, quoi!

Puis Benoît, tiré à gauche, à droite, tentait seulement, lui, de se tenir en équilibre sur sa moto. Ce qui n'était pas évident, je vous jure.

Enfin, un des macarons s'est détaché de son blouson. Il s'est mis à rouler, rouler sur le bord du trottoir. Et j'ai vu Manon Dubé courir, courir pour le rattraper. Enfin, je l'ai vue le glisser dans sa poche et filer en courant vers l'avenue du Mont-Royal.

Finalement, à deux, les policiers ont réussi à écarter Mme Brisson. Puis le tata a répété sur un ton que je qualifierais d'assez sérieux, cette fois:

— On te le dira pas trois fois... Enlève ton casque, on veut te voir la face.

La foule d'écornifleurs a reculé. Et Benoît a fini par descendre de sa moto. Il a pris le temps de détacher méticuleusement son casque, puis de le déposer délicatement sur le bord du trottoir.

Enfin, les policiers l'ont fait pivoter pour le fouiller. Puis le tata a cru bon de faire une réflexion sur ses macarons, de dire qu'il devrait laisser faire les baleines et s'occuper plutôt de sa mère et de son petit frère.

Puis ils ont poussé Benoît vers la Ford. Lui s'est penché pour examiner la tête de mort sur la portière et le rectangle dessiné dans la rue, son garage privé, comme hurlait encore le propriétaire!

Finalement, Benoît s'est relevé, il a hoché la tête, glissé les mains dans ses cheveux et dit avec son éternel petit sourire en coin:

— Ouais!... ce n'est vraiment pas son meilleur dessin, encore moins sa meilleure idée!

Ensuite, il s'est approché de Hugo. Puis il lui a demandé sans élever la voix:

— Rends-moi mon canif et remonte tout de suite à la maison.

J'ai remis Hugo sur ses pieds. Piteux, il a fouillé dans sa poche et remis le canif en marmonnant que ce n'était pas un canif, mais un *jack knife!*

Enfin, comme il n'y avait plus rien d'excitant, les curieux se sont dispersés par petits groupes. J'allais en faire autant quand Mme Brisson m'a attrapée par une manche en disant:

— Vous... vous, je vous invite à manger un morceau de tarte.

Et c'est à ce moment-là, je vous jure, que je n'ai pas eu le choix de la suivre.

Je n'ai pas eu le choix, non plus, d'avaler pas une, mais deux portions de sa fameuse tarte aux pommes.

Je n'ai pas eu le choix, enfin, de me faufiler vers la sortie avant le retour de Benoît.

Finalement, prise au piège comme je l'étais, Benoît Brisson en a profité pour me reparler du feu d'artifice, me répéter comme il aimait les filles qui avaient du tempérament et pour me remercier pour son petit frère.

Enfin, comme j'allais quitter la maison, je l'ai vu attraper Hugo par le fond de culotte. Le faire pivoter au-dessus de sa tête. Puis le laisser glisser le long de son dos.

L'enrouler autour de ses hanches. Lui mordiller le cou, les joues. Puis je l'ai vu l'immobiliser. Lui faire promettre de ne plus jamais s'approcher de l'auto du propriétaire. Puis j'ai entendu Hugo pousser des petits cris. Puis hurler: «Chut!» Puis: «Je le jure!» Et finalement l'embrasser.

Et moi, je ne sais pas pourquoi, j'ai rougi comme la dernière des idiotes. En fait, j'ai rougi pour plusieurs raisons à la fois.

Enfin, j'étais plutôt à l'envers quand j'ai redescendu l'escalier et presque sans réaction quand j'ai aperçu Manon Dubé assise sur la marche du bas.

Je suis certaine que je lui fais toujours aussi peur parce que sitôt qu'elle m'a reconnue, elle a pris la poudre d'escampette en abandonnant sur la dernière marche le macaron qu'elle rapportait, je suis sûre.

Finalement, j'ai hésité longtemps avant de glisser le macaron dans la poche de mes jeans et de revenir, toujours aussi à l'envers, à la maison.

Pendant toute la soirée, ensuite, j'ai téléphoné chez les parents de Colombe. Chaque fois, je me suis fait rebattre les oreilles par leurs maudits répondeurs. Enfin, j'ai bûché un bon bout de temps un problème d'algèbre à trois équations. Puis vers vingt-deux heures, je me suis endormie sans avoir besoin, je vous jure, d'ouvrir mon *Petit Robert*.

Chapitre 6

Le macaron

Il ne s'est rien passé de particulier à l'école aujourd'hui. Sauf que j'ai pu enfin poser mes deux ou trois questions à la belle Marie-Christine Langevin. Elle m'a semblé un peu mal à l'aise, mais... je sais maintenant que Colombe a manqué ses deux derniers cours de karaté. Donc qu'il se passe quelque chose d'anormal, de grave aussi, forcément!

Alors, un peu avant dix-sept heures, j'ai retéléphoné chez la mère de Colombe. J'étais certaine de tomber encore une fois sur un message enregistré. Mais... miracle! C'était bien la petite voix fluette de mon amie qui a répondu. J'ai dit:

— Tu n'as pas l'air forte, ma vieille, mais au moins tu es en vie.

Je l'ai entendue renifler dans l'appareil, puis soupirer:

— Ça va mal!

Je lui ai dit:

— Bon, tu as la grippe?

Elle a répondu, après une avalanche de soupirs, de reniflements, de hoquets et de snif, sniff, snifff:

— Non... je ne peux rien te dire au téléphone. Viens ici tout de suite... je suis toute seule pour la soirée.

J'ai commencé par hésiter: après tout, la mère de Colombe reste à l'autre bout de la ville, donc presque à l'autre bout du monde, quoi! Enfin, mon amie s'est mise à pleurer. Puis à pleurer tellement que j'ai dit malgré moi:

— Arrête de te lamenter... je serai chez vous dans soixante-dix minutes.

Finalement, j'ai laissé une note sur le coin de la table et j'ai filé encore une fois chez ma meilleure amie.

***

Si les transports en commun sont super

lents, moi, je vous jure, j'ai une imagination hyper galopante. La preuve, en chemin, j'ai eu le temps d'inventer une bonne trentaine de scénarios pour m'expliquer le drame de Colombe. Des scénarios aussi bêtes que la perte de sa chatte Youpie! Le remariage de son père ou la mort de sa grand-mère!

Enfin, j'ai pensé aussi à son prof de karaté et j'ai fait des hypothèses. Je me suis même dit: «Ça y est, Colombe vit sa première vraie grosse peine d'amour! Elle en meurt! Ça la tue!»

Puis j'ai encore pensé au prof de karaté en me disant cette fois que les parents de Colombe venaient fatalement de découvrir le pot aux roses. Et qu'elle était peut-être déjà inscrite à son collège privé.

Puis j'ai encore et encore pensé au prof de karaté. Puis au désarroi de Colombe. Puis à son silence de six jours. Et je me suis imaginé le PIRE. Et plus je pensais au PIRE, plus j'avais la certitude que mon amie Colombe était enceinte.

Enfin, quand j'ai sonné au 1020, Darlington, j'en étais si convaincue... que j'avais chaud à mourir tellement j'avais peur maintenant de ne pas être à la hauteur!

Bref, il me semblait tout à coup que la vie était beaucoup, beaucoup plus compliquée que pendant les premières années du secondaire!

***

En entrant j'ai vu une Colombe en robe de chambre, pieds nus, sans petites lunettes rondes, les yeux rouges, bouffis comme si elle avait pleuré toute sa vie. Ça commençait mal! Drôlement mal!

Enfin, elle s'est traînée puis s'est affalée sur le divan du salon en soupirant:

— Jure-moi que tu ne diras rien à personne.

J'ai juré et me suis laissée tomber à côté d'elle. Ensuite, elle s'est mouchée, en marmonnant:

— J'ai honte... tellement honte.

J'ai pris le temps de peser mes mots avant de lui demander:

— Honte de quoi, Colombe?

Elle s'est aussitôt remise à pleurer. Enfin, elle a relevé la tête en répétant:

— Jure-moi encore que tu ne le diras à personne.

J'ai juré une deuxième fois, puis elle a

continué:

— Je ne pensais jamais que ça pouvait m'arriver à moi!

Je l'ai regardée, l'air un peu niaise... je me sentais tellement maladroite. Enfin, après que je lui ai demandé si ça la rendait déjà un peu malade... je pensais forcément au mal de coeur, aux nausées... elle a répondu:

— M'oui!

Puis elle a ajouté:

— Je n'ai rien raconté à ma mère. J'ai seulement accepté d'aller passer quelques jours avec elle, chez ma grand-mère.

Je lui ai dit:

— C'est pour ça que je me suis cassé le nez sur le répondeur?

Elle a encore répondu:

— M'oui.

Alors, j'ai poursuivi:

— J'étais pas mal inquiète parce que je me suis aussi cassé le nez sur le répondeur de ton père.

Elle a haussé les épaules en disant:

— Ha... lui! Il est parti pendant deux semaines avec sa nouvelle blonde à Cuba.

Enfin, j'ai osé lui demander si elle avait eu le temps de prendre une décision. Elle a répondu qu'il n'y avait rien à faire, qu'elle avait acheté un livre sur le sujet et qu'elle l'avait lu en cachette. Mais je lui ai dit que ça ne me disait pas ce qu'elle avait décidé.

Finalement, Colombe m'a fait jurer une troisième fois de ne jamais rien dire à personne. Puis, replaçant un coussin derrière son dos, elle a dit enfin:

— C'est un salaud, je ne lui pardonnerai jamais.

Moi, je n'en pouvais plus de jurer et de tourner autour du pot, de marcher sur des oeufs, quoi! Alors, cette fois j'ai demandé clairement:

— Tu le gardes ou pas?

Colombe m'a regardée d'abord avec des yeux de *perchaudes* qui ont passé l'après-midi dans une chaloupe, puis la bouche ouverte, elle a glissé la main sous le divan, et enfin, elle m'a tendu le fameux livre qu'elle avait lu en cachette, en disant:

— Chapitre quatre, page quarante-sept.

J'ai jeté un coup d'oeil sur la couverture... et confuse, j'ai tourné les pages jusqu'au chapitre quatre. Alors, j'ai lu: «COMMENT VIVRE AVEC L'HERPÈS».

Ensuite, j'ai fermé le livre et j'ai éclaté de rire. C'était nerveux. Bref, je ne pouvais absolument pas empêcher mes épaules de sauter, même si Colombe, super insultée, me racontait que l'herpès, c'était pour la vie! Que Donald, son prof de karaté, était le pire des hypocrites! Qu'elle l'avait vu embrasser Marie-Christine Langevin! Et qu'enfin, pour elle, l'amour, c'était bel et bien fini! Fini pour la vie!

Finalement, j'ai cessé de rire et j'ai pris le temps de lui avouer que moi, comme une tarte, je l'avais crue enceinte... Alors, Colombe m'a regardée, perplexe. Puis toujours avec des yeux de *perchaudes* qui ont passé l'après-midi au soleil dans une chaloupe elle a dit, je vous jure:

— Tu me prends pour qui?

J'ai répondu:

— Bien... ça peut arriver à n'importe qui, non?

Elle a répondu:

— Ça arrive seulement à des têtes folles du genre Marie-Christine Langevin.

Comme elle avait toujours la larme à l'oeil, j'ai chuchoté, par solidarité:

— Maintenant tu la détestes à mort, Marie-Christine Langevin?

Elle a répondu:

— Presque autant que tu détestes Manon

Dubé.

J'étais certaine de ne jamais lui avoir parlé de Manon Dubé. Surprise, puis agacée surtout, j'ai demandé:

— Qui t'a parlé d'elle?

Elle a répondu:

— Marie-Christine parle souvent avec Benoît Brisson. C'est tout ce que je sais.

Enfin, pendant que Colombe se vidait le coeur en me reparlant de sa peine d'amour et de sa M.T.S., j'ai réalisé que moi, j'avais encore dans ma poche un macaron qui me brûlait drôlement les fesses. En fait, je ne pensais qu'à une chose, à m'en débarrasser! D'abord, subito presto, puis, d'une manière plus ratoureuse, plus méprisante, plus significative, quoi!

Finalement, j'ai repris l'autobus, en me posant plusieurs questions. Je me demandais réellement où Benoît Brisson voulait en venir avec ses enquêtes. Il ne pouvait tout de même pas s'imaginer que j'allais assassiner sa blonde!

Enfin, j'étais perdue dans mes réflexions, lorsque j'ai entendu la voix d'un homme dire à une petite fille, assise sur la banquette, juste devant moi:

— Alors, ma princesse, tu aimerais bien

avoir une robe comme la fée des étoiles, c'est ça?

J'ai entendu la petite voix qui portait deux papillons bleus dans ses tresses répondre non pas un m'oui comme Colombe, mais un: «V'oui, papa.»

Puis la voix du père a continué:

— On demandera à maman Nicole de te confectionner une robe aussi jolie que celle-là. Et on reprendra l'autobus pour la montrer à grand-maman Bi.

Je ne suis pas très curieuse de nature mais, cette fois, c'était plus fort que moi... je me suis penchée pour voir de quelle robe il s'agissait.

En fait, dans le grand livre que le papa tenait sur ses genoux, j'ai pu voir à mon tour, l'image classique de la fée des étoiles. C'est-à-dire la baguette, la couronne, l'immense robe de tulle, les centaines d'étoiles piquées partout... et tout, et tout!

Enfin, la tête de la petite fille était si bien calée dans le creux de l'épaule de son père que je ne pouvais absolument pas voir son visage. Encore moins le sourire émerveillé que je devinais. Bon, j'avais eu six, sept ans, moi aussi, c'était facile de me l'imaginer... Surtout que j'ai tellement d'imagination!

Bref, quelques arrêts d'autobus et quelques pages plus loin, j'ai compris que le papa venait tout juste de fermer son grand livre parce que la petite a répété:

— Encore, p'pa, encore, p'pa.

Et cette fois, le papa a proposé:

— Si, à la place, on comptait sur nos doigts, on pourrait faire une belle surprise à grand-papa Jean, tu veux?

J'ai vu une paume se tendre d'un coup et la petite fille répéter après lui: «Un, deux, trois...» jusqu'à dix, bien entendu.

Je me suis dit que la petite fille était chanceuse d'avoir un père aussi gentil. Puis je suis revenue encore une fois à mon sujet de préoccupation, c'est-à-dire au fameux macaron de Benoît Brisson.

Finalement, je l'ai sorti de ma poche pour l'examiner. C'était un assez joli macaron. La baleine était dessinée assez finement et sautait par-dessus des vagues comme un marsouin. Le macaron était blanc, le dessin et le texte, bleus!

Bref, je l'ai tripoté encore un peu. Puis j'ai vu que la petite commençait à se tortiller sur la banquette devant moi. Puis je l'ai vue se retourner, se mettre à genoux, puis relever tranquillement la tête et me regarder.

J'ai reçu le choc d'aplomb. Je veux dire que même si j'étais habituée, je m'attendais si peu à ça.

Enfin, la petite princesse, celle qui allait bientôt porter la robe de la fée des étoiles... était de la même race que celle de mon petit frère Francis, la race des trisomiques. Et elle me dévisageait maintenant avec la langue sortie sur le côté et en bavant un peu.

Finalement, je l'ai vue baisser les yeux et tendre la main vers mon macaron. Et moi... ça m'a pris beaucoup de temps avant de pouvoir articuler:

— Tu le veux?

La petite n'a rien répondu, mais son père s'est retourné. Et sur son visage, j'ai vu, je vous jure, le sourire le plus heureux de toute ma vie.

Puis j'ai glissé le macaron dans la paume de la petite fille qui a dû ravaler sa langue pour sourire à son tour. Et je me suis levée pour sortir.

Il me fallait de l'air, de l'air à tout prix. Il me semblait que je venais de comprendre quelque chose! Quelque chose de confus mais... d'extrêmement important! Ensuite, j'ai marché, marché, marché. Et, bien avant d'arriver rue d'Iberville, j'ai enfin réalisé pourquoi... j'en voulais tellement à mes parents.

***

En arrivant, c'est rare, mais je me suis rendu compte que j'avais oublié ma clé. J'ai sonné... Et c'est mon père qui est venu m'ouvrir, les baguettes en l'air et en beau maudit. Pas de chance... Il regardait sa partie de hockey!

Bref, non seulement il était en beau maudit parce que je l'avais dérangé... mais ma mère était soi-disant en train de bouder dans sa chambre. Puis deux caves avaient eu le malheur de me téléphoner... Enfin, il avait, malgré tout, noté leurs numéros de téléphone sur la page couverture du *Journal de Montréal.*

Je suis d'abord allée faire un petit tour dans la chambre de ma mère, histoire de vérifier les suppositions de mon père. Ma mère ne boudait plus... elle lisait. En voyant le titre du livre *Ces femmes qui aiment trop,* je me suis dit que ce n'était vraiment pas son problème! Qu'elle, son problème, c'était de ne pas avoir assez aimé! Comme mon père, d'ailleurs.

Je pensais forcément à la petite fée des étoiles. Et par comparaison, à mon frère Francis. Puis je m'en suis voulu, puis finalement, je l'ai embrassée et j'ai quitté sa chambre sur la pointe des pieds.

Enfin, j'ai pris *Le Journal de Montréal* et j'ai noté les deux numéros de téléphone. Puis du corridor, j'ai composé le premier numéro.

Je savais que c'était celui de Paul Jolicoeur. Et j'étais surprise, puis contente surtout, qu'il me rappelle pour me dire qu'il avait peur que je lui en veuille pour l'autre soir.

Enfin, il m'a raconté une histoire de branche qui lui avait donné une jambette sur le mont Royal. Il m'a dit qu'il avait une cheville dans le plâtre et qu'il espérait recevoir trois grosses oranges pour le consoler. Je lui ai promis et finalement, on s'est mis à rire, tous les deux.

Ensuite, j'ai composé le deuxième numéro de téléphone. C'était la voix de Charles Petit. Et le pauvre n'était plus exalté maintenant, il était plutôt déprimé. Il m'a d'abord demandé ce que je pensais de sa nouvelle stratégie pour le *Presque l'an 2000*.

Je lui ai dit qu'en parlant de choses aussi

intimes que les toilettes des filles... il était évident qu'on tomberait pile dans la réalité d'Albert-Legrand!

Ça ne l'a pas fait rire, parce qu'il m'a demandé ensuite:

— Penses-tu vraiment que je parle comme un maudit *preacher?*

— Un peu.

Il a hésité un temps. Puis finalement, il s'est mis à rire, lui aussi. Puis il m'a parlé des petites lunettes rondes de ma meilleure amie... et les deux bras m'en sont tombés...

Mieux, il voulait que je l'invite avec nous au feu d'artifice! Et moi, belle cave, j'ai répondu que c'était une fichue bonne idée, surtout que Colombe était plutôt triste, ces temps-ci!

Ce n'est qu'après, un peu après, que j'ai vraiment réalisé... toute l'étendue de ma gaffe. Parce que finalement c'est à Benoît Brisson que je devais quémander un billet pour mon amie. Et ça, je vous jure, ça me rendait plutôt zouave! Puis poche! Puis sotte! Puis moche!

Enfin, je lui avais promis d'en parler à Colombe, mais pour reporter mon problème, l'oublier un peu, quoi!... j'ai couru dans ma chambre et j'ai plongé, tête première, dans mon fidèle *Petit Robert*...

Le plongeon m'a été assez utile, cette fois, parce qu'à vingt et une heures pile, le téléphone sonnait. C'était Colombe. Et j'ai pu lui raconter illico que, dans mon dictionnaire, le mot *herpès* était coincé entre les mots *herpe* et *herpétique*. Je lui ai dit aussi qu'elle ne devait pas s'en faire... que son affection cutanée existait depuis le XVe siècle.

Ensuite, Colombe m'a répondu que ce n'était pas drôle, que j'avais juré trois fois de ne pas en parler et qu'on devrait parler d'autres choses.

Puis elle m'a reparlé de son prof de karaté, puis de Marie-Christine Langevin, puis de celui qui n'était plus le sujet de ses préoccupations depuis longtemps, Louis Falcon lui-même.

Elle voulait savoir s'il pouvait deviner *sa maladie,* comme elle disait maintenant. Je lui ai répondu qu'elle n'avait pas le mot *herpès* écrit sur le front!

Finalement, pour changer vraiment de sujet, je lui ai parlé de Charles Petit... Je lui ai dit comme il l'avait trouvée *cute* avec ses petites lunettes rondes et comme il espérait qu'elle vienne avec nous au feu d'artifice samedi.

Et, croyez-le ou non, malgré son envie de se cacher à jamais... de renoncer à l'amour pour toujours, elle a répondu:

— M'oui!

J'aime beaucoup Colombe. Je ne sais pas pourquoi... mais ça me rassure qu'elle soit si différente de moi.

Enfin, je n'avais pas sitôt fermé le téléphone qu'il sonnait encore. Et, cette fois, c'était beaucoup plus grave, beaucoup plus sérieux. Bref, c'était Luc, mon frère. Et, au son de sa voix, j'ai compris que je devais faire exactement ce qu'il disait.

Alors, je me suis rendue au guichet automatique de la caisse. J'y ai retiré quatre cents dollars, presque tout l'argent que j'avais gagné l'été passé en travaillant au dépanneur avec ma mère.

Puis, je me suis rendue en taxi dans le Vieux-Montréal. Précisément au coin de Saint-Paul et de Saint-François-Xavier. Et j'ai attendu la Chrysler noire.

Je l'ai attendue un bon vingt minutes. J'arpentais le stationnement en rageant. À vingt-deux heures, l'endroit était super désert. Super sinistre. Il faisait super sombre et j'avais la trouille.

Enfin, pour me donner du courage, j'ai

commencé à siffloter *Malbrough s'en va-t-en guerre*. Puis je me suis tue. Je me suis dit: «Ici, c'est trop dangereux d'attirer l'attention!» Finalement, j'avais tout à fait réussi à me confondre avec le vieux mur de pierres qui longe le stationnement, quand la Chrysler est arrivée.

J'ai marché vers l'auto. J'avais hâte de voir mon frère, parce qu'après tout, c'est rassurant de voir son frère dans un endroit aussi sinistre, aussi désert.

Enfin, la vitre automatique du côté du conducteur s'est abaissée. Ça m'a paru long comme une éternité... Puis j'ai entendu une voix dire, le plus naturellement du monde:

— L'argent?

Je me suis penchée vers l'auto, mais je ne pouvais rien voir, pas même Luc... Les vitres de la Chrysler étaient teintées.

Enfin, j'ai reculé un peu. Puis j'ai tenté d'ouvrir mon sac à main, de dégrafer le fermoir, de faire glisser le zip. Je tremblais tellement que j'ai cru que je n'y arriverais jamais.

Finalement, j'ai déposé les quatre cents dollars dans une main tendue. Et après des secondes longues, cette fois, comme trente éternités, j'ai entendu la même voix dire encore:

— O.K., les gars, la tournée est finie, vous pouvez le relâcher!

Une des portières arrière s'est ouverte et j'ai vu mon frère atterrir tête première dans le parking. Puis la voiture est repartie comme si de rien n'était.

Je me suis approchée pour l'aider à se relever, mais Luc m'a repoussée en hurlant:

— Lâche-moé... J'me suis mis les pieds dans les plats... J'm'en sortirai tout seul, O.K., la puce?

C'est drôle à dire, mais de l'entendre gueuler, ça m'a rassurée. Même si je pouvais voir à la lueur d'un lampadaire qu'il avait quatre dents en moins et le visage plutôt amoché.

Enfin, je lui ai demandé:

— Ça fait mal?

Luc m'a jeté un regard super niais pour me faire comprendre que ma question était super niaise. Puis il a marmonné:

— Pas de question! Pas d'hôpital! Pis pas de morale! Compris, la puce!?

Je n'avais pas beaucoup le choix, alors j'ai fait signe que oui, forcément. Puis en se remettant sur ses pieds, il a continué:

— J'irai passer quelques jours chez des

chums... Quand j'serai montrable, j'irai raconter une histoire aux parents! En attendant, tu tiens ça mort! Tu sais rien! De toute façon, tu le récupéreras, ton argent!... J'ai compris pas mal de choses, ces temps-ci! J'serai plus fin, la prochaine fois.

Enfin, on a pris un taxi. Et j'ai laissé mon frère, troisième avenue à Rosemont. En chemin, je lui ai fait une sorte de pansement camouflage avec mon carré de soie. Mais j'ai évité de le regarder en face. C'était comme si, tout à coup, ses histoires de drogues m'écoeuraient vraiment.

Finalement, il était presque vingt-trois heures dix quand je suis revenue à la maison. Je n'avais pas eu le malheur, cette fois, d'oublier ma clé. J'ai pu me faufiler dans ma chambre sans me faire remarquer.

Chapitre 7

Du sel et du poivre

Jeudi matin, je me suis réveillée avec un gros mal de tête. Il faut croire que les événements de la veille m'avaient plutôt énervée!

Enfin, je n'avais pas très envie de me rendre à mon cours de gymnastique. De me garrocher à gauche, à droite, sur un rythme de lambada. Alors, j'ai décidé de prendre mon temps, de traîner un peu... Et j'ai finalement ruminé plusieurs choses importantes en sirotant mon chocolat chaud.

Des choses comme dire *oui* ou *non,* par exemple. Il me semblait que jusqu'à maintenant ces deux petits mots avaient presque le même sens. Bref, qu'en disant *oui,* je veux des carottes, *non,* je ne veux pas de navet... ça ne changeait pas grand-chose à ma vie, ni à la vie des autres!

Puis, tout à coup, c'est comme si je réalisais que ces deux mots pouvaient avoir beaucoup plus de conséquences, qu'à seize ans, je venais de mettre les pieds dans la réalité. En un mot, que tout devenait pas mal moins simple, forcément. Et j'ai divagué un bon deux heures sur le thème: «Bonjour! Coucou! Je m'appelle Marilou Brochu. J'achève mon secondaire! C'est quoi, la vie?»

Enfin, j'ai quitté la maison et j'ai marché jusqu'à la polyvalente. C'est bon, la marche, pour les migraines. La preuve, mon mal de tête avait complètement disparu quand je suis arrivée, beaucoup trop tard d'ailleurs, à mon dernier cours de la matinée. Je veux dire que mon cours de maths était déjà commencé et que je me sentais trop poche pour oser déranger!

Finalement, j'ai décidé de m'asseoir par terre, juste devant la porte 232 et d'examiner... LE CORRIDOR. Après tout, c'est le futur sujet de mes chroniques, non!

Et j'ai réalisé encore bien des choses. D'abord que le corridor B était laid à mort. Que tout était vert hôpital, le plafond, les murs et le carrelage. Qu'enfin, il y avait bien quelques affiches en couleurs, mais les pauvres étaient beaucoup trop rares et beaucoup trop de travers.

Puis j'ai aperçu des graffiti ici et là sur les murs... Je me suis levée pour les examiner. J'ai déchiffré trois «Faites l'amour, pas la guerre!», quatre «Le Québec aux Québécois!», quelques «Vive Hitler!» et autant de «À bas Hitler!»

Puis j'ai lu un très personnel «Ma mère attend un petit frère, je suis content!» Puis un très énigmatique «Mêle-toi de tout ce qui te regarde!» signé d'un dénommé Péloquin. Enfin, un trop merveilleux «Quand j'aime une fois, j'aime pour toujours!» signé, cette fois, d'un dénommé Desjardins.

J'avais fait le tour. J'avais encore un bon quart d'heure à attendre. Alors, je suis revenue m'affaler devant la porte 232. Et j'ai trouvé que finalement, c'était plutôt moche un corridor d'école vide. Aussi moche qu'une pouponnière sans bébé, une patinoire sans patineur ou une fête sans invité!

Enfin, j'étais drôlement contente quand la cloche a retenti, que toutes les portes se sont ouvertes en même temps et que, malgré le chahut indescriptible, j'ai pu mettre la patte sur ma meilleure amie.

Ensemble, on a suivi la file jusqu'à la cafétéria. Puis devant le comptoir *fast-food,* j'ai commandé un hot-dog et une poutine. Colombe n'a pas pu s'empêcher de me siffler dans les oreilles:

— Ce n'est pas très bon pour la santé, Marilou Brochu!

Et moi, je lui ai répondu:

— Ce matin, j'ai marché pour ma santé, ce midi, c'est pour mon moral que je mange!

Elle m'a fait une grimace idiote et elle a attrapé au passage une copieuse salade de thon.

Puis on s'est installées à une petite table tranquille. Et si j'ai pu engloutir ma dernière frite avant qu'elle achève complètement de m'écoeurer avec son glutamate, son cholestérol et ses trucs cancérigènes... c'est parce que c'est super-hyper vrai que... Marilou Brochu a du tempérament!

Bref, mon amie était retournée chez sa mère et ça paraissait. L'ex-madame Martin était une sorte de maniaque de l'alimentation. Enfin, Colombe finissait, elle, sa dernière bouchée en paix quand j'ai aperçu le beau Benoît Brisson. Il se dirigeait pile sur nous, c'est sûr! Je suis certaine que j'ai rougi comme d'habitude. Je n'avais pas de miroir pour vérifier, mais quand même!

Finalement, il était un peu tard pour se changer en courant d'air. Et, comme j'avais le billet de Colombe à lui quêter, faveur oblige, j'ai pris mon courage à deux mains et j'ai relevé la tête.

Lui s'est approché avec son éternel petit sourire. Puis il a dit en me dévisageant:

— J'ai trois mots à te dire.

Je lui ai répondu:

— Ça tombe bien, moi aussi.

Et il a tourné la tête vers Colombe en précisant:

— Ouais!... mais ce que j'ai à te dire est pas mal personnel.

Colombe a fait un air mi-compréhensif, mi-vexé, puis elle a disparu en marmonnant:

— J'ai compris!

Ça ne faisait pas mon affaire de me retrouver toute seule avec lui. J'étais même plutôt mal à l'aise. Lui pas du tout, je vous jure.

Pour me donner une contenance, m'occuper les mains, quoi, j'ai d'abord débarrassé, empilé et tassé les deux plateaux. Ensuite, je me suis mise à jouer avec la salière et la poivrière. Puis je les ai déplacées. Enfin,

Benoît a commencé par me dire une *zouaverie* du genre:

— Je me suis trompé l'autre jour... Tu
es beaucoup plus belle qu'une marguerite.
Tu es belle comme un pissenlit!

Je n'ai rien répondu. J'ai plutôt dévissé
le bouchon de la salière et j'ai répandu, sur
la table, tout le contenu d'un coup.

Benoît a fait comme si de rien n'était.
Puis il a continué:

— Tu as les dents tellement blanches
que tu pourrais faire une annonce de pâte
dentifrice à la télé.

Sans le regarder, j'ai dévissé le bouchon
de la poivrière et tout en versant le poivre à
côté du sel, j'ai précisé:

— J'ai un cours de bio dans dix minutes... Si tu as quelque chose d'important
à me dire... aussi bien commencer tout de
suite.

Maintenant il y avait une petite montagne
noire et une petite montagne blanche, entre
nous, sur la table. Et il a continué comme
s'il n'avait rien entendu:

— Tu souris comme Jessica Lange. Tu
bouges comme Carole Laure. Tu ris comme
Bugs Bunny.

Alors, j'ai tracé des ronds autour des petites montagnes et il a poursuivi comme s'il avait toujours l'éternité devant lui:

— Au fond, tu es beaucoup plus intéressante qu'une série éliminatoire de hockey! Beaucoup plus qu'une randonnée de ski de fond! Et presque autant qu'une promenade en moto!

J'ai failli éclater, mais je me suis retenue. Je savais trop bien qu'il espérait que je le trouve drôle! Enfin, j'ai abandonné les condiments et j'ai lancé, en relevant les yeux:

— Si tu n'as rien de plus intelligent à me dire... moi, j'ai quelque chose à te demander.

Et je lui ai finalement parlé du billet pour Colombe. Il m'a répondu qu'il n'y avait pas de problème, que son oncle qui travaille à la ville de Montréal pouvait lui en donner un autre.

C'est sûr qu'il avait l'air un peu trop content, à mon goût. Il était certain maintenant que je serais au feu d'artifice avec l'équipe. Mais au moins, le problème de Colombe était réglé.

Puis j'ai réalisé que la situation changeait tranquillement. Bref, que les choses se renversaient, que c'était à son tour maintenant d'être mal à l'aise. Que c'était à son tour de baisser les yeux. Et à son tour de tracer des ronds autour du poivre, autour du sel.

Finalement, sa voix avait beaucoup moins d'assurance quand il a raconté en chuchotant presque:

— C'est toujours à propos de Manon Dubé... Je voulais te dire que depuis que je te connais, il ne s'est plus jamais rien passé entre elle et moi, que si je la vois de temps en temps... c'est uniquement parce qu'elle me parle de toi. Enfin, un peu.

Là, je crois qu'il a ravalé sa salive au moins trois fois avant d'ajouter:

— C'est que c'est pas mal difficile de t'approcher... Tu es comme...

J'ai continué:

— Un artichaut, je sais.

Enfin, il a poursuivi:

— Ça t'agace que je te parle d'elle, hein? Et de l'accident de ton frère aussi...? Mais si tu me le demandes... c'est promis, je ne t'en parlerai plus.

Il ne pouvait jamais si mal dire, le pauvre, parce que j'en ai profité pour me lever et répondre assez sèchement d'ailleurs:

— Alors, je te le demande...

Puis j'ai tourné les talons à l'instant même

où, du revers de la main, il aplatissait simultanément et la petite montagne de poivre et la petite montagne de sel.

Ensuite, j'ai couru comme une folle vers le labo de bio. Mon coeur vibrait comme la carlingue d'un 747. En péril! bien sûr! En entrant, j'ai cherché Colombe du regard... Elle n'était pas encore arrivée. Enfin, elle est arrivée trois minutes avant le début du cours. Assez essoufflée, elle aussi. Finalement, elle m'a raconté sans prendre le temps de respirer:

— Je ne sais pas ce qui s'est passé avec ton Benoît Brisson... Mais, je te jure, avoir l'air plus raisin que lui, tu meurs! Tu te rends compte... je l'ai surpris, à la caf, en train d'écrire ton nom sur une couche de sel et de poivre! Idiot, non?

J'ai seulement haussé les épaules. Mais pendant tout le cours, j'avais comme une dizaine de papillons qui me chatouillaient le ventre. Et j'avais chaud, vraiment très, très chaud!

Chapitre 8

Treize en tout!

Samedi matin, le matin du grand jour, quoi, malgré les soupirs de mon père et les «Tu exagères!» de ma mère... j'ai passé une bonne demi-heure au téléphone avec Colombe. Elle avait une faveur à me demander. Mais avant d'y arriver elle a fait un long détour.

Elle m'a d'abord parlé d'un tas de trucs qu'elle avait entendus à la radio. Bref, qu'on annonçait une fin de semaine aussi chaude que la canicule de juillet! Et que pour la clôture du festival qui se déroulait à Montréal on assisterait au plus fabuleux spectacle de pyrotechnie jamais vu en Amérique!

Puis elle m'a raconté comme on avait de la chance d'avoir des places sur l'île! Puis comme elle avait de la chance d'avoir une amie comme moi, une amie qui lui avait sauvé la vie, au moins trois fois depuis le début de l'année! Une vraie amie, quoi!

J'appréciais les fleurs, j'attendais le pot. Finalement, elle m'a seulement demandé qui au juste serait au rendez-vous du pont Jacques-Cartier avec nous.

Il me semblait lui avoir tout raconté ça la veille. Enfin, j'ai répété qu'à part les neuf anciens de l'équipe du journal... il y aurait les trois nouvelles recrues et elle.

Je l'ai entendue pousser un autre de ses longs soupirs avant de me dire:

— C'est bien ce que je pensais!!! On sera TREIZE en tout!

J'ai dit, un peu agacée:

— Et après?

Elle a répondu, comme si j'étais la dernière des imbéciles:

— Bien... TREIZE, c'est un chiffre malchanceux, non? Ça ne t'arrive jamais d'être un peu superstitieuse, toi?

Je trouvais qu'encore une fois, elle charriait une grosse miette, mon amie Colombe. Enfin, j'allais lui répondre non... Mais je

132

me suis mordu la lèvre. Je me suis souvenue tout à coup de la dernière coupure de Francis. De ce qu'il m'avait dit. De ce qui lui est arrivé quelques heures après.

Bref, j'étais à une dizaine de kilomètres au-dessus d'une montagne de cumulus, lorsque j'ai réentendu sa voix chantonner dans l'appareil:

— YOUHOU! YOUHOU! Tu rêves? Ça fait deux minutes que j'entends voler des mouches... Tu es malade ou quoi?

J'ai fait mine de rien et j'ai raconté que je venais seulement d'avoir une idée le fun! Enfin, que ce serait super d'aller manger ensemble au restaurant ce soir!

C'est elle qui a suggéré un McDo de la rue Sainte-Catherine. Et moi, j'en ai profité, à mon tour, pour lui rebattre les oreilles avec son glutamate, son cholestérol et tous ses trucs cancérigènes! Finalement, Colombe m'a juré qu'au McDo, ce n'était pas pareil!!! Enfin, on s'est donné rendez-vous à dix-sept heures pile, coin Saint-Hubert et Sainte-Catherine.

Puis juste avant de raccrocher, elle m'a demandé sa fameuse faveur. C'était évidemment d'aller dormir chez elle après le feu d'artifice. Et la raison, cette fois, c'était que depuis l'apparition de sa M.T.S., elle avait peur, maintenant, de circuler toute seule dans les rues, le soir.

Je ne voyais pas le rapport, mais encore une fois, elle a juré qu'il y en avait un. Et moi, pour une tonne de raisons, comme d'habitude, je n'ai pas dit non.

***

Vers seize heures, j'ai glissé dans mon sac à dos mon coton ouaté, deux paquets de Chiclets et une grosse poignée de poissons rouges à la cannelle. Je me suis enfoncé ma casquette de baseball sur la tête, palette en arrière. Puis j'ai dit BYE! aux parents. Eux, c'est à peine s'ils m'ont répondu.

Je sais bien qu'ils attendent, super inquiets, des nouvelles de mon frère. Je sais bien aussi que le feu d'artifice, eux, ils le regarderont les yeux rivés sur l'invention de Marconi et les oreilles branchées sur celle de Graham Bell. Mais quand même...

Enfin, à l'extérieur, c'était vraiment l'été des Indiens. Il faisait encore chaud, le soleil tapait encore dur. J'ai même vu, en descendant l'escalier, un pissenlit refleurir, coincé tout bête, entre deux fentes du trottoir.

Puis j'ai aperçu la moto de Benoît Brisson. Puis son petit frère Hugo qui crachait dans le rétroviseur et qui frottait maintenant le miroir avec sa manche, comme un pro! Enfin, je sais que c'est zouave, mais mon coeur a dû faire une chute de vingt-deux étages.

Et cette fois il y avait tellement de papillons dans mon ventre, qu'encore une fois, j'ai couru comme une folle jusqu'au tunnel.

Finalement, j'ai pris l'autobus et j'ai retrouvé Colombe à dix-sept heures pile, comme prévu.

Appuyée à la devanture d'un magasin de vidéos, mon amie rongeait son frein depuis une demi-heure, paraît-il. Enfin, ce n'est pas de ma faute, tout de même, si elle est toujours avant l'heure! Pas de ma faute, non plus, si elle avait eu le temps, cette fois, de dénicher, avant mon arrivée, un super chapeau en feutre avec une grappe de raisin fluo!

Il faisait un peu clair pour vérifier si les fruits brillaient vraiment... mais sur sa tête, l'effet du chapeau était super, je vous jure!

Enfin, c'était la fête! On était ensemble et surtout on avait toutes les deux une faim de loup!

En entrant au McDo, il y avait tellement de monde qu'on a décidé de commander et d'aller manger ailleurs. Finalement, on s'est retrouvées dans un parc.

Puis vers dix-neuf heures, on s'est dirigées vers le métro, mais la foule était déjà tellement dense qu'on se serait crues au coeur de Tokyo, de Pékin ou de Mexico. Alors, on a décidé de marcher tout simplement jusqu'au pont Jacques-Cartier.

Plus on avançait vers l'est, plus l'atmosphère était survoltée. C'était un peu comme si le monde avait le système nerveux branché sur une centrale électrique. Certaines rues étaient interdites aux voitures et les gens circulaient, un peu partout, en toute liberté. Bref, ça riait, ça se parlait, ça trimballait ou des chaises pliantes ou des glacières ou des bébés.

En chemin, on a bien croisé quelques rasés, en godasses de l'armée, le regard hyper ailleurs, super concentrés, bien au-dessus de nous, quoi! Mais il était clair que ce soir, ils daignaient partager leur rue. De toute façon, ils n'avaient pas le choix.

Finalement, on est arrivées au pied du pont Jacques-Cartier et on a longé le parapet sur le côté droit, jusqu'au premier pilier.

C'était l'endroit exact du rendez-vous. Mais... personne n'était encore là.

Pendant que mon amie surveillait, parmi les vagues d'inconnus, un connu de la bande... je me suis retournée pour regarder le fleuve.

L'air était sans vent, l'eau sans ride et de l'autre côté du Saint-Laurent, l'île Sainte-Hélène se découpait en ombres chinoises, comme une vraie carte postale, sur fond de soleil couchant.

Je me suis dit que c'était quand même beau, une carte postale. Je me suis dit aussi que je connaissais l'endroit. Très bien même! Enfin, il n'y a pas si longtemps, c'est souvent d'ici que je venais assister, à ma façon, aux courses de formule 1. Du circuit Gilles-Villeneuve, je pouvais entendre le ronronnement des Ferrari. Des McLaren. Des Lotus. Des Trans Am. Des Williams-Renault. Des Jordan. Des Brabham. Des Lamborghini.

Je pouvais presque toutes les reconnaître au son. Et c'est ici aussi que j'avais choisi la voiture de mes rêves. Celle que j'aurais, moi, un jour.

Pas une formule 1, bien sûr, mais une voiture à la fine pointe de la technologie.

On peut bien rêver, quoi! Après tout, maintenant, tout le monde un jour a une voiture! Et parfois deux ou trois!

Bref, j'aurais pu continuer à rêver des heures, comme ça, mais Charles Petit s'est montré le bout du nez avec un sourire large comme le boulevard René-Lévesque et deux couvertures de laine dans les bras.

Le sourire s'adressait surtout à Colombe. Mais les couvertures étaient soi-disant pour le confort de tout le monde. Il y avait tellement d'humidité, paraît-il, sur les pelouses de l'île Sainte-Hélène, le soir! Alors, je me suis dit: «Prévoyant comme un vrai vieux, Charles Petit!»

Enfin, Sophie Desmarais est arrivée à son tour, avec trois sacs géants de chips au vinaigre. Puis Alexandra et Sébastien avec leur amour. Puis les trois minorités visibles, Carlos, Vincent et Jam Nguyen, bien serrées comme pour faire front. Puis Yves, Nathalie et Yannick, à tour de rôle, comme des écartés.

Et un bon dix minutes après les autres, Benoît Brisson, avec ses treize billets. Lui, il avait eu un mal de chien, paraît-il, à garer sa moto.

Finalement, on s'est tous engagés sur le

pont en se tenant par la main, puis par le cou. La foule avançait si lentement qu'il nous a fallu une bonne demi-heure pour le traverser, passer les barrières, trouver un coin, étendre les couvertures par terre et bien se tasser les uns contre les autres.

Il faisait déjà sombre, mais je pouvais tout de même voir que Sébastien tassait drôlement Alexandra. Que Vincent tassait un peu Jam Nguyen. Que Charles tassait déjà Colombe. Et que Benoît Brisson me tassait, pendant que moi, je tassais désespérément Colombe.

Enfin, la première fusée a surpris tout le monde. Benoît en a profité pour se coller davantage contre moi, et moi, pour me décoller. Ensuite, je ne sais plus très bien ce qui s'est passé. Je sais seulement qu'on a mitraillé le ciel pendant deux heures.

Mitraillé à coups de bombes. De fleurs. De serpents. D'éventails. De rubans. De zigzags. De vrilles et de chenilles. C'était une sorte de guerre du Koweit revue et corrigée par Walt Disney. Et j'étais tellement hallucinée, tellement dans les vapes... que je ne savais plus très bien si c'étaient les pluies du feu d'artifice qui me tombaient dessus ou si c'était moi qui grimpais, grimpais,

grimpais.

Enfin, quand la dernière étincelle s'est évanouie dans les eaux du fleuve... j'étais perdue au maximum. Tellement perdue que j'ai sursauté en réalisant que j'avais la tête bien enfoncée dans le creux de l'épaule de qui vous savez.

Troublée, je me suis dégagée, puis j'ai attrapé mon sac à dos. Et j'ai plongé la main dans mes poissons rouges. Il me semblait que le goût de la cannelle pouvait peut-être me rafraîchir les idées, me ramener sur terre, quoi! Finalement, je me suis levée pour en offrir à tout le monde.

J'ai déballé mon bonbon et en le glissant dans ma bouche j'ai réalisé illico que ce n'était pas vraiment une bonne idée! Bref, certains poissons circulaient déjà allègrement d'une bouche à l'autre et Benoît me dévisageait, je vous jure, comme si j'étais Marilyn Monroe en personne!

Alors, je l'ai croqué puis avalé. Ensuite, j'ai sauté à deux mains dans les chips au vinaigre de Sophie Desmarais.

En grignotant, j'ai réalisé qu'autour de nous beaucoup de gens levaient déjà le camp pour retraverser le pont et que d'autres s'installaient, comme nous, pour poursuivre la fête.

Enfin, en attendant impatiemment la fonte des poissons rouges, je me suis tournée courageusement vers Benoît. Je voulais justement lui parler... de ses macarons, lui demander pourquoi il s'intéressait aux baleines. Après tout, ce n'est pas tous les jours qu'on sait d'instinct quoi dire à un garçon qui vous regarde encore comme Marilyn Monroe!

Et je suis tombée pile, forcément! Bref, Benoît Brisson avait maintenant les yeux aussi brillants que les vrilles du feu d'artifice de tout à l'heure.

Finalement, il m'a beaucoup impressionnée. Je veux dire que jamais je n'aurais pu deviner qu'il était né à Tadoussac et qu'il avait passé toute son enfance à observer les baleines.

Je n'aurais jamais su non plus qu'elles arrivaient au printemps de l'océan Atlantique pour se nourrir du plancton et des poissons du Saint-Laurent!

Benoît parlait de Tadoussac comme d'un garde-manger! Des baleines, comme de gigantesques paquebots qui projetaient leur jet en lançant des cris d'immensité! Et lui ne les avait pas seulement vues et entendues, il les avait touchées.

Enfin, j'étais plutôt fascinée et je rêvassais encore, ma foi, lorsque Colombe est venue me chuchoter à l'oreille de laisser faire pour ce soir, que Charles tenait absolument à la raccompagner!

J'ai quand même pris une seconde pour replacer la grappe de raisin réellement fluo qu'elle avait de travers sur son chapeau. Et lui dire surtout que comme lâcheuse... je ne pouvais pas trouver mieux!

C'est là, je pense, qu'on a entendu le premier choc d'une bouteille. Elle a dû éclater contre un arbre. Puis le choc d'une deuxième et d'une troisième.

Là qu'on s'est rendu compte que, derrière nous, une bande d'excités avaient mis le feu dans une poubelle. Et que déjà, ça gueulait et ça se bousculait sérieusement.

Là qu'ensemble on a décidé de déménager, d'aller poursuivre la fête ailleurs. Là qu'un premier hélicoptère, arrivé de nulle part, s'est immobilisé au-dessus de nos têtes. Là qu'on a entendu hurler, dans un porte-voix, des ordres impossibles à comprendre. Là que les spots éblouissants d'un deuxième hélicoptère se sont mis à balayer le coin. Là qu'aveuglé, paniqué, tout le monde s'est mis à courir à gauche, puis à droite.

Là, surtout, que j'ai perdu Colombe de vue. Puis Charles, Alex et Sébastien. Puis Sophie, Jam Nguyen, Carlos, Vincent, Yannick, Yves et Nathalie. Là que j'ai pensé que Colombe avait raison, que TREIZE était forcément un chiffre malchanceux!

Là que je me suis retrouvée toute seule, ou presque, à la barrière de l'île, avec un sac de chips dans une main et Benoît Brisson qui me serrait l'avant-bras. Là, enfin, que j'aurais dû l'écouter. Et attendre. Attendre que le pont se dégage un peu avant de vouloir à tout prix le retraverser.

***

J'avançais sur le pont, muette, et terrorisée. Comme tout le monde, d'ailleurs. Une demi-douzaine d'hélicoptères faisaient maintenant la navette entre l'île et le pont. Partout au loin, on entendait des hurlements de sirènes.

Enfin, Benoît me tenait toujours l'avant-bras. Et on marchait maintenant en évitant les éclats de verre et les cannettes vides qui jonchaient le sol. Puis la foule a ralenti. Puis elle a cessé complètement d'avancer.

Puis ça s'est mis à reculer devant et à pousser derrière. J'ai entendu la voix d'une femme crier, puis un bébé hurler. Puis je me suis vu soulever, puis projeter sur le parapet du pont, presque au-dessus du vide.

Je venais de perdre Benoît. Et je me suis retrouvée seule, agrippée au parapet. Seule à imaginer l'eau du fleuve qui clapotait à une trentaine de mètres plus bas.

Seule à délirer, à voir, comme dans un cauchemar, un objet fluo plonger et glisser, glisser vers le fleuve. Le chapeau de Colombe!... et elle! Alors, à mon tour, je me suis mise à crier, crier, crier...

Ensuite, je ne sais plus... Je sais seulement que Benoît est revenu, qu'il a passé son bras autour de mes épaules et que je l'ai suivi comme un zombi.

Je me rappelle aussi que Colombe et les autres nous attendaient, inquiets, de l'autre côté du pont. Que Colombe avait toujours son chapeau sur la tête. Que tout le monde a décidé de rentrer chez soi. Et que moi, j'ai encore suivi Benoît sur une jetée qui longeait le Saint-Laurent.

Je me rappelle aussi qu'on s'est assis au bord de l'eau. Que je grelottais tellement que Benoît a glissé son blouson sur mes épaules... Qu'il m'a ensuite frictionné les mains et qu'il a soufflé dans mes paumes. Je me rappelle aussi que j'ai pleuré. Pleuré en racontant, sans qu'il me pose aucune question, cette fois, ce qu'il voulait savoir depuis longtemps.

Je lui ai dit d'abord que la mort de mon frère Francis n'était pas seulement un accident. Que Manon Dubé l'avait bel et bien attiré, que sa bande l'avait poussé et qu'ensuite, le monde entier nous avait presque abandonnés.

Je lui ai dit aussi que mon petit frère ne pouvait pas deviner que Manon Dubé l'attirait encore pour se moquer de lui. Il ne devinait jamais rien, Francis. Il était seulement content qu'on s'occupe de lui. Content de faire des mauvais coups pour les autres! Et il n'était jamais étonné d'être le seul à se faire prendre!

J'ai même dit aussi que, ce soir-là, Francis devait être drôlement fier d'avoir réussi à fracasser tous les feux de circulation dans le tunnel. Et que je le cherchais depuis longtemps quand je l'ai aperçu avec un bâton de baseball dans les mains. Autour de lui, il y avait toute la bande du parc Fullum qui l'encourageait. Et Manon Dubé qui riait.

J'étais encore trop loin pour savoir pourquoi tout à coup la bande l'a encerclé. Et pourquoi ensuite Francis s'est mis à hurler. Je l'ai seulement vu tenter de s'échapper. Puis vu buter contre un pilier, puis contre un autre. Puis tomber, puis se relever, puis tomber encore.

J'ai hurlé de toutes mes forces: «ARRÊTEZ!» Mais la bande riait et criait tellement fort!

Enfin, j'étais presque parvenue jusqu'à lui quand j'ai vu Manon Dubé traverser la rue, s'installer sur le coin et s'ébouriffer le toupet. Et pendant que les autres poussaient mon frère dans la rue en hurlant quelque chose comme: «Vas-y, le mongol, même toé, t'es capable!...», j'ai vu mon frère hésiter, prendre sa tête à deux mains et s'élancer pour rejoindre Manon Dubé.

Il n'y avait pas beaucoup de circulation, ce soir-là... mais l'auto qui descendait la rue d'Iberville roulait tellement vite! Il y eut d'abord un coup de frein, un dérapage, puis le choc. Un petit choc mou, pas grand-chose, presque rien. J'ai vu le corps de Francis rouler jusqu'au bord du trottoir...

Enfin, j'ai vu Manon Dubé et la bande

disparaître comme des lâches. Et j'ai vu, comme au ralenti, la voiture reculer, s'immobiliser un instant, puis, dans un crissement de pneus, disparaître à son tour.

Ensuite, j'ai regardé Benoît et j'ai eu bien du mal à lui avouer que ça m'avait pris une bonne minute avant d'avoir le courage de m'approcher de mon frère. Puis de le tirer, puis de le remonter sur le trottoir.

Je lui ai avoué aussi qu'enfin je l'ai entendu gémir, puis se plaindre. Que je me suis assise à côté de lui. Qu'ensuite, j'ai pris sa tête et que je l'ai posée sur mes genoux. Qu'en me penchant vers lui... c'est là que j'ai vu apparaître la chose terrible dans ses yeux. Là que je l'ai serré davantage pour le bercer.

J'entendais Francis souffler comme le béluga dans le film. Puis trois, dix, vingt, cent voitures ont dû passer sans s'arrêter. J'ai même imaginé que malgré mes signes, le monde entier nous avait vraiment abandonnés.

Finalement, mon frère a remué. Puis ouvert la bouche, comme pour parler. Je me suis penchée, penchée pour écouter. Mais... toute la carcasse du tunnel s'est mise à vibrer. Les murs, les piliers, la voûte.

Et moi, je me suis remise à pleurer quand j'ai raconté qu'au-dessus de nos têtes le train de marchandises n'en finissait plus de passer. Le train n'en finissait plus et je ne pouvais rien entendre, rien comprendre... Je ne pouvais que voir la bouche de Francis articuler des mots dans le vide.

Enfin, quand le calme et le silence sont revenus, mon frère est devenu mou comme de la guenille. La chose terrible qu'il avait dans les yeux a disparu. Puis Francis a souri. Et il souriait encore quand, beaucoup plus tard, une ambulance d'Urgences-Santé est finalement arrivée.

Je ne sais pas pourquoi j'ai tant tenu à lui préciser que les ambulanciers avaient menti, que je savais, moi, que mon frère n'était pas mort en chemin, que j'étais même certaine qu'il était mort dans mes bras!

Finalement, juste avant d'avouer le plus difficile, je me suis approchée de l'eau. Et c'est en fixant le milieu du fleuve que j'ai dit:

— Je n'ai jamais parlé à personne de la voiture qui avait frappé mon frère. Je ne pouvais pas en parler à cause de la dernière coupure de Francis! Non... Ce jour-là, mon frère n'avait pas découpé une image d'épagneul ou de colley, comme il en avait l'habitude, à l'école... Non, ce jour-là, pour me faire plaisir... il avait découpé une BMW rouge. Il savait, lui, que c'était la voiture de mes rêves. Il me l'avait rapportée en disant:

— Pour toi, Marilou!

Puis:

— VROUMMM! VROUMMM!... PAF! Y est mort!

Et c'est exactement ce qui lui est arrivé quelques heures après. Tué presque sur le coup par une BMW rouge.

Et j'ai terminé en chuchotant:

— C'est difficile pour moi maintenant d'y voir juste une coïncidence... Difficile surtout d'accepter l'idée que mon frère est mort, tué par la voiture de mes rêves! Difficile!

Et j'ai ajouté:

— Difficile, difficile, je le jure!

Ensuite, j'étais vidée, j'avais les joues en feu et les mains moites. Je me suis accroupie au bord de l'eau pour me laver un peu... mais l'eau qui léchait les pierres était tellement mousseuse, tellement verdâtre que j'ai laissé faire.

Puis je me suis retournée vers Benoît.

Lui s'approchait timidement. Enfin, il a dit, en m'effleurant la joue avec le dos de sa main:

— Je savais que tu avais un gros secret... mais je ne pouvais pas imaginer qu'il était aussi terrible.

Puis il m'a caressé les cheveux, puis le front, puis encore la joue, puis la bouche. Enfin, il a glissé ses doigts entre les miens en disant:

— Viens, on va marcher un peu!

On a marché longtemps en longeant la berge, sans dire un mot. Son épaule touchait mon épaule. Puis il a glissé son bras autour de mon cou. Et ma hanche frôlait maintenant sa hanche.

Et j'avais chaud, tellement chaud! Et j'espérais tellement qu'il me touche davantage. Alors, on s'est enfin arrêtés, puis on s'est tournés l'un vers l'autre en même temps. Et finalement, on s'est embrassés. Et j'ai embrassé Benoît Brisson comme jamais je n'avais embrassé personne!

Épilogue

Il était une heure trente du matin. Je venais d'enfiler mon coton ouaté, j'allais grimper sur la moto derrière Benoît... quand tout à coup, il m'a semblé important d'en finir, ce soir, avec cette histoire.

Benoît n'a pas eu l'air étonné quand je lui ai demandé d'arrêter au poste de police. Quand je lui ai dit qu'enfin... ce serait plus correct pour Francis si j'allais raconter tout ce que je savais!

Je veux dire ce que je savais et que je n'avais raconté ni aux policiers ni à personne. Parce que ce soir-là... j'avais vu non seulement la BMW rouge, mais aussi le numéro de la plaque.

J'avais tout vu, mais je ne voulais pas qu'une seule personne soit responsable de la mort de mon frère. Je voulais que mon père, ma mère, Manon Dubé, les voitures qui ont filé, la rue, le quartier et le monde entier en soient responsables à jamais et pour toujours.

Enfin, ça n'a pas été très long, à peine dix minutes. Sauf que j'avais l'air un peu innocente de raconter, le soir du plus grand spectacle de pyrotechnie en Amérique, que j'avais subitement retrouvé la mémoire.

Finalement, c'est une policière qui a noté la marque de la voiture et le numéro de la plaque. C'est elle qui a tapé le rapport. Ensuite, j'ai signé, puis je suis sortie.

Tout était fini. Et pour la première fois, depuis un an déjà, j'avais le coeur aussi léger qu'une bulle de savon. J'étais tellement soulagée! Tellement soulagée... que j'ai sauté, comme une zouave, au cou de Benoît en disant:

— Si tu savais comme, ce soir, je n'ai pas envie de rentrer à la maison.

Il m'a regardée en riant, m'a attrapée par la taille et m'a soulevée dans les airs. Puis il m'a fait glisser le long de son dos, m'a enroulée autour de ses hanches. Et j'ai poussé, je vous jure, des petits cris comme son frère Hugo. Enfin, Benoît m'a embrassée pour la deuxième fois.

Ensuite, il a hurlé assez fort, je vous jure encore, pour réveiller la rue Sainte-Catherine au complet:

— Je t'aime tellement... Marilou... que j'ai envie d'aller le crier aux baleines... tout de suite!

Et c'est comme ça qu'on a filé vers Tadoussac en moto! Comme ça aussi que j'ai raconté, forcément, le premier vrai mensonge à mes parents! Comme ça que, le lundi suivant, j'ai eu beaucoup, beaucoup de choses à raconter à Colombe.

Et comme ça, enfin, que je perds encore des heures à chercher le nom de tous les cétacés du monde, dans mon *Petit Robert*.

Table des matières

Achevé d'imprimer
sur les presses de Litho Acme Inc.
3e trimestre 1991